KB053151

독사님, 이렇게 책으로 만나뵙게 되어 영광입니다.

블로그, SNS, 유튜브 등에 이 책을 읽은 리뷰를 남겨주시면

큰 힘이 됩니다.

리뷰에는 사진을 찍어 올려주시면 더욱 감사합니다♡

동영상으로 촬영하셔도 됩니다.

독자님의 따뜻한 감상평은 독서의 시간을 더욱 아름답게 할 것입니다.

앞으로도 더 좋은 책으로 만나뵙겠습니다.

펜을 바로 잡으면 인생이 잘 풀린다

펜을 바로 잡으면 인생이 잘 풀린다

초판 1쇄 발행 | 2020년 7월 30일

지은이 | 민경재
펴낸이 | 김지연
펴낸곳 | 마음세상

주 소 | 경기도 파주시 한빛로 70 515-501

신고번호 | 제406-2011-000024호
신고일사 | 2011년 3월 7일

ISBN | 979-11-5636-427-6 (03810)

원고투고 | maumsesang2@nate.com

* 값 13,200원

* 마음세상은 삶의 감동을 이끌어내는 진솔한 책을 발간하
고 있습니다. 참신한 원고가 준비되셨다면 망설이지 마시
고 연락주세요.

이 도서의 국립중앙도서관 출판예정도서목록(CIP)은 서지
정보유통지원시스템 홈페이지(http://seoji.nl.go.kr)와 국가
자료종합목록 구축시스템(http://kolis-net.nl.go.kr)에서 이
용하실 수 있습니다. (CIP제어번호 : CIP2020028925)

펜을 바로 잡으면 인생이 잘 풀린다

민경재 지음

마음세상

프롤로그

나는 오늘도 펜을 바로 잡는다

저는 오늘도 펜을 바로 잡습니다. 항상 무언가를 적을 때 바로 잡습니다. 때로는 그냥 반대 손으로도 펜을 바로 잡아 봅니다. 그리고 펜을 바로 잡은 제 모습을 바라봅니다. 이렇게 펜을 바로 잡고 무언가를 적다 보면 무엇이든 해낼 수 있으리라는 벅찬 생각이 듭니다.

제 아내가 펜을 잡는 모습도 봅니다. 펜을 바로 잡습니다. 그 모습을 보면 아내 또한 무엇이든 해낼 수 있으리라는 생각이 듭니다. 아내에게 믿음이 갑니다. 아내와 저는 같은 가치관, 믿음, 사고방식, 생활 습관들을 갖습니다.

제 동생이 펜을 잡는 모습을 봅니다. 동생도 펜을 바로 잡습니다. 동생 또한 저와 다르게 보이지만, 사실 비슷한 가치관과 사고방식, 생활 습관을 갖고 있습니다. 미래를 위해 무언가(자격증, 어학 등)에 도전하고 준비하고 있습니다. 그런 동생에게도 분명 밝은 미래가 기다립니다.

펜을 바로 잡는 사람들에게는 옳은 가치관, 사고방식, 생활 습관들이 함께 합니다. 무언가를 하나씩 이루어 갑니다. 무엇을 하든지 두각을 나타냅니다. 제 삶에 만족합니다.

단지 펜을 바로 잡는 자세만으로도 생각과 행동이 달라집니다. 신기한 사실입니다. 생각은 바르고 객관적으로 하게 되고, 행동은 자신감 있고 멋지게 바뀝니다. 펜을 바로 잡음으로써 일상이 바뀌게 되고, 인생도 바뀌게 됩니다. 이제부터 펜 바로 잡기에 대해 이야기를 해보겠습니다.

제1장

펜은 우리의 삶과 함께한다

펜이 발명된 이후 우리 삶은 펜과 함께하고 있습니다. 사람들 일상에 따라 다르지만, 학생들은 온종일 펜을 잡고, 직장인들 또한 많은 시간을 펜을 잡으며 생활합니다. 물론 사업자, 예술가들도 마찬가지입니다. 그뿐만 아니라 아이들도 펜을 이용하여 창의적으로 활동하고, 무언가를 표현합니다. 이처럼 펜은 우리 삶에서 많은 표현을 하고 소통하고, 기록하는 데 사용됩니다. 때에 따라 하루에, 또는 한 달에 펜을 몇 번 잡지 않는 사람들도 있을 수 있습니다. 하지만 그러한 사람들에게도 펜은 이따금 꼭 필요한 도구입니다.

현재 세상은 첨단기기가 많고 다양한 발달로 펜을 대체하는 제품들이 우후죽순 생겨나고 있습니다. 아날로그에서 디지털로 바뀌어 갑니다. 하지만 이러한 첨단기기에도 펜은 사용하고 꼭 필요한 도구입니다.

이렇게 펜은 삶에 있어서 알게 모르게 함께하고 있습니다. 우리가 매일 밥을 먹고 물을 마시고 배변 활동을 하듯이 펜은 우리 생활에 언제나 함께하고 있습니다.

펜과 뗄레야 뗄 수 없는 삶

—

위에서 얘기했듯이, 우리 삶에서 펜은 많은 시간을 함께하는 도구입니다. 펜과 우리 삶은 떼려야 뗄 수 없는 관계입니다. 펜이 없으면 우리는 많은 기회를 잃게 됩니다. 떠오르는 아이디어를 잃고, 뛰어난 미술을 잃고, 각자 서명과 필체를 잃습니다. 공부도 힘든 방법으로 해야 하고, 직장인들 메모도 순간순간 하지 못할 수 있습니다. 손자 연락을 받은 할머니가 손주 집 주소를 메모하려다가도 도구가 없어 답답함을 느낍니다. 뛰어난 미술가가 떠오르는 영감을 종이에다가 직접 손발을 이용하여 표현하거나, 다른 도구를 찾아 헤매야 합니다. 일상생활이든 어떤 작업을 할 때든 항상 불편함을 느낍니다.

이렇게 펜을 잡는 자세는 우리 삶에서 아주 가까이 있기 때문에 이 행위 자세와 방법이 매우 중요합니다. 펜을 잡는 자세는 항상 일상과 함께하기에 이 또한 자세가 중요합니다. 펜을 어떻게 잡느냐에 따라 인생이 달라진다고 하면 많은 사람이 관심을 기울입니다. 이 책에서는 펜 잡는 방법에 따라 인생이 달라진다고 얘기할 예정입니다. 펜을 바로 잡음으로 운명이 바뀜을 얘기합니다.

펜과 자본화

—

펜과 자본화라는 말은 펜도 가격이 천차만별이고, 누가 쓰느냐에 따라 가치도 달라지기 때문에 자본화라고 하였습니다. 회사에서도 상급자로 갈수록 펜을 더 좋은 펜으로 사용하려고 합니다. 회사에서 부장 정도 되면 유명한 브랜드 펜을 사용하기도 합니다. 상급자로 갈수록 결재하는 일도 많아지며, 펜을 사용하는 일도 많아집니다. 그러면서 자신이 펜으로 적은 글자가 의미하는 바도 크기 때문에 도구인 펜을 고급화하게 됩니다.

펜 가격도 천차만별

—

펜 가격도 천차만별입니다. 학생들이 사용하는 일반 펜은 1,000원도 하지 않는 가격도 있고, 그보다 더 좋은 펜들은 10,000원 미만으로 사기도 합니다. 그러한 펜들도 비싼 축에 속한다고 학생들은 생각합니다. 직장인들도 마찬가지로 저렴한 펜들을 많이 사용하지만, 상급자로 갈수록 좋은 펜들을 선물 받거나 관심 있는 사람들은 직접 구매하여 100만 원 미만 펜을 사용하기도 합니다. 이처럼 펜은 작지만 자주 사용하는 기본적인 아이템이기 때문에 비싼 가격으로 구매는 일반 사람들에게 낯설어 보이지만, 의미를 어떻게 가지느냐에 따라 비싼 가격을 가치 있게 여기기도 합니다.

사회적 지위와 펜 종류

—

사회적 지위가 높을수록 고급 펜을 사용합니다. 사회적 지위가 펜을 통해서도 나타납니다. 사회적 지위가 높은 사람은 고급 펜을 바른 자세로 잡습니다. 그렇지 않고, 사회적 지위도 높은 데다 고급 펜을 사용하는데 펜을 이상한 자세로 잡지는 않습니다. 사회적 지위가 높은 사람은 그에 맞는 펜

을 사용하려고 하고, 사회적 지위가 낮은 사람일수록 또한 펜에 관한 관심
은 적습니다.

펜
—

이 책 주제가 '펜을 바로 잡으면 인생이 잘 풀린다'입니다. 이 주제 단어를
하나씩 살펴보겠습니다. 먼저 펜입니다. 펜은 연필이나 샤프가 될 수도 있
고, 볼펜이 될 수도 있고, 미술이나 서예에서 사용하는 붓이 될 수도 있습니
다. 그리고 핸드폰이나 TABLET PC 펜이 될 수 있고, 유아용 장난감 펜도
될 수 있습니다. 기다란 형태 펜을 전 세계인들은 공통으로 사용하고 있습
니다. 이 기다란 형태 펜을 잡는 방법은 배우지 않지만, 어떻게든 잡고 사용
하고 있습니다.

바로
—

바로는 바르게라는 의미입니다. 이 책 제목에서 의미는 '바른 자세, 바른
방법, 보기 좋게, 일반적으로' 정도 의미가 될 수 있습니다. 이 바르다는 의
미는 여러모로 상당히 중요합니다. 일상이나 직장, 학생들, 그리고 예체능
쪽에서도 바른 자세와 마음가짐이 성과와 평가에 중요하고 기본적인 요소
가 됩니다. 가장 중요한 덕목 중 하나입니다.

바로, 또는 바르게 하지 않으면 많은 문제가 생깁니다. 회사, 학교, 사회 등 모든 공동체적인 생활이든, 개인적으로든 바르게 하지 않으면 문제가 생기고 작거나 큰 손실이 발생합니다. 방법을 알지만 고의로 바르게 하지 않는 예도 있고, 방법을 몰라 의도하지 않게 바르지 않는 예도 있습니다. 손실이나 원하지 않는 결과를 피하고자 바르게 하는 행위는 중요합니다. 그러므로 바르게 되려는 방법 또는 사고방식이 필요합니다.

잡다

—

여기서 의미는 쥔다는 의미입니다. 무언가를 '잡다'는 의미도 있습니다. 어떻게 잡느냐에 따라 몸에 무리가 가지 않을 수 있고, 인체에 도움이 되기도 합니다. 이사를 할 때 무거운 짐을 들어야 하는데 바로 잡지 않았다가는 손이나 팔, 허리, 무릎 등에 부상이 발생합니다. 근력 운동을 할 때도 기구를 어떻게 잡느냐에 따라 힘이 가해지는 방법과 원리가 달라집니다. 그러므로 잡는 방법이 인체에 영향을 다르게 끼치기 때문에 사소하지만 매우 중요합니다.

펜을 잡는 자세 또한 마찬가지입니다. 어떻게 잡느냐에 따라 힘세기와 펜을 잡는 각도가 다르게 되고, 그에 따라 글씨 굵기, 크기, 기울기가 달라집니다. 제가 강조하는 행위는 글씨가 아닌 펜을 바로 잡는 자세입니다. 펜을 바로 잡음으로 적절한 힘과 각도가 형성되고, 그에 따라 내 주관적인 감정과 시선이 아닌, 보다 객관적이고 올바른 생각과 판단을 할 수 있습니다. 수영을 예로 들어보겠습니다. 수영을 체계적으로 배운 사람과 배우지 않은 사람은 실력에서 차이가 나타납니다. 실력뿐 아니라 몸에 영향도 다르게 미칩니다. 제대로 배우지 않은 사람과 제대로 배운 사람은 물에 뜨고 앞으로 나아감은 같지만, 얼마나 쉽게 나아가고 잘 나아갈지는 다릅니다. 호흡에도 차이가 있고 팔과 다리 사용에서도 효율성이 다릅니다. 그리고 그에 따라 신체에 자극도 다르게 느껴집니다. 사실 수영뿐 아니라 모든 행동에 적용되는 사항입니다. 골프, 야구, 농구, 축구, 음악 등 모든 행위에 바른 자세기 가장 중요하고 기초직인 사항입니다. 이렇게 사세가 중요하지만, 우리가 일상에서 쉽고 가깝게 사용하는 펜은 자세에 대해 한 번도 생각해보지 않습니다. 펜 또한 잡는 자세가 중요하고 바른 자세에서 바른 사고방식과 태도, 행동으로 나타납니다. 그리고 시간이 지남에 따라 자신이 원하는 성과로 나타납니다. 그러므로 펜을 잡는 방법이 중요합니다.

삶

—

삶은 우리가 살아가는 지금, 이 순간과 내일, 그리고 다음 주, 한 달 뒤, 1년 뒤, 10년 뒤를 포함한 인생입니다. 누군가는 지금이 행복한 삶이고, 누군가는 힘든 삶이고, 누군가는 막막한 삶입니다. 누군가는 설레는 삶이고, 누군가는 도전적인 삶입니다. 우리 삶 또한 지금, 이 순간을 어떻게 보내느냐에 따라 내일 삶이 되고, 내일을 어떻게 보내느냐에 따라 1주일 뒤 삶이 바뀝니다. 우리 삶에서 내일과 다음 주, 한 달 뒤, 몇 년 뒤를 예상할 수 없지만 지금, 이 순간만은 예상할 수 있습니다. 이 순간을 어떻게 보내느냐에 삶이 바뀝니다.

펜을 바로 잡지 않는 분들은 펜을 바로 잡으며 더 나아진 삶을 경험하게 됩니다. 더 나아진 삶은 본인 변화로부터 이루어지고, 노력에 의한 결과입니다. 본인 변화를 느끼며 자신감, 객관성, 논리성, 보편성 등을 갖추며 주변 사람들보다 더 나아진 본인 모습을 경험합니다. 그러면서 삶이 바뀝니다.

살다

—

여기서 의미는 지내다, 시간을 갖다 등이 됩니다. 어떻게 보면 대가를 지불하고 그에 합당한 혜택을 받는다는 의미도 있습니다. 우리가 사는 이유는 이 세상에 존재하기 때문입니다. 이 또한 각자 관점에 따라 그냥 주어진 시간일 수 있고, 무언가 하기 위한 시간일 수 있고, 꿈을 이루기 위한 시간일 수 있고, 사랑하는 무언가와 행복한 시간일 수 있습니다. 자라나는 아이들에게는 하루하루가 궁금하고 행복하고 설레는 시간이고, 사춘기 학생들에게는 하루하루가 고민되고, 불안하고, 설레고, 심장이 뛰는 순간입니다.

어른들에게도 그냥 보내는 시간, 더 큰 꿈을 이루기 위해 보내는 시간, 돈을 벌기 위한 시간, 내 가정을 이루기 위한 시간 등이 될 수 있습니다.

펜을 바로 잡지 않는 사람들에게는 세상에 대해 어려운 일들이 많습니다. 소소한 나름 재미와 취미가 있겠지만, 자랑할 수 있고 미래에 도움이 되는 일은 아닙니다. 그리고 누구나 인정하는 목표에 도전하고 활동하는 행동에 대해 자신이 없고 두려움도 있습니다.

반면 펜을 바로 잡는 사람에게는 하루하루 살아감이 만족스럽고, 내일이 기대되고 기다려집니다. 물론 힘든 날도 있습니다. 하지만 그 또한 경험 하나로 생각합니다. 펜을 바로 잡는 사람과 그렇지 않은 사람 차이는 하루를 어떻게 관리하고 만들어 가는지, 그리고 다양한 경험을 어떻게 해석하고 발전해 가는지가 다릅니다.

제2장
펜을 바로 잡는 방법

지금 주변 사람들 펜을 잡는 모습을 보십시오. 나보다 여러모로 못하다 생각되는 사람, 그리고 내가 존경하는 사람, 또는 내 직장 상사, 혹은 교수님 또는 선생님 등 아마 제각각 다르고, 비슷한 사람도 있습니다. 지금부터 제가 사진 한 장을 제시하고, 이 사진에서처럼 펜을 잡는 사람들이 주변에 있는지 찾아보라 하면 여러 명이 눈에 띄고, 그 사람들이 사회적으로나 개인적으로나 어느 정도 성공한 위치에 있는 사람들이라는 사실을 알게 됩니다.

어떻게 펜을 잡고 있는 모습일까요? 아래 사진을 한번 보겠습니다.

위 사진처럼, 펜을 쥐었을 때 검지에서 접히는 주름선과 엄지손가락이 접히면서 생기는 주름 가운데에 펜을 위치하고 검지와 엄지로 자연스럽게

펜을 잡으면 바른 자세입니다.

시중에 판매하는 펜글씨 관련 책을 보면 이러한 바른 자세로 펜을 쥐는 방법에 대해 똑같이 나와 있으니, 글씨도 예쁘게 쓸 겸 참고해도 좋습니다.

처음에는 어색하고 불편할 수 있지만, 시간이 흐르면서 자연스럽게 펜을 잡게 되고, 손 모양도 부드럽게 변하고 습관, 자세, 생각, 행동도 조금씩 변함을 느낄 수 있습니다.

어떤가요? 잘 모르겠나요? 그렇다면 잘못된 방법으로 펜을 잡고 있는 사진을 보겠습니다.

아래는 올바른 위치보다 펜이 아래쪽에 위치한 경우입니다. 잘못된 자세입니다

올바른 위치보다 펜이 아래쪽에 위치한 경우입니다. 잘못된
자세입니다.

올바른 위치보다 펜이 아래쪽에 위치한 경우입니다. 잘못
된 자세입니다.

펜은 올바른 위치에 있지만, 펜을 잡은 손가락 부분이 손
끝이 아닌 중간 부분으로 움켜 쥔 모습입니다. 잘못된 자
세입니다.

펜은 올바른 위치에 있지만, 펜을 받쳐주어야 할 중지가
펜을 함께 잡고 있습니다. 잘못된 자세입니다.

펜이 올바른 위치보다 위쪽에 있고, 펜을 받쳐주어야 할
중지가 펜을 함께 잡고 있습니다. 잘못된 자세입니다.

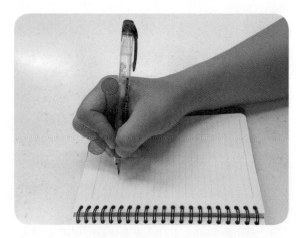

펜이 올바른 위치보다 아래쪽에 있고, 펜을 받쳐주어야 할
중지가 펜을 함께 잡고 있습니다. 잘못된 자세입니다.

포털 사이트에서 우리가 아는 유명한 연예인, CEO, 운동선수들 펜을 잡는 모습을 검색해서 살펴보시기 바랍니다. 모두들 신기하게도 펜을 바로 잡는다는 공통점이 있습니다. 아주 정확하게 바로 잡습니다. 그러므로 성공한 사람들은 펜을 바로 잡는다는 사실이 확인됩니다. 다르게 얘기하면 펜을 바로 잡으면 성공한다는 사실입니다. 그 이유는 계속해서 살펴볼 예정이고, 꼭 필요한 이유도 얘기합니다.

반대로 펜을 바로 잡지 않는 사람들은 성공적인 삶을 살지 못합니다. 이 또한 살펴 볼 테지만, 사소하지만 항상 사용하는 펜을 바로 잡지 않으므로 사고방식에 영향을 주고 행동이 바뀌면서 성과도 달라지기 때문입니다.

펜글씨

—

펜글씨라고 들어보았을 수 있습니다. 서점에 가면 펜글씨에 관한 책들이 많이 있습니다. 펜을 이용하여 글을 쓸 때, 더 바르고 보기 좋게 쓸 수 있도록 바른 자세와 글씨를 알려주는 책입니다. 이러한 펜글씨 책도 여러분 일상에 크게 도움을 줄 수 있습니다. 제가 강조하는 펜을 바로 잡는 방법에 대해서도 당연히 수록 되어있습니다. 저 또한 펜글씨 책을 통해 방법을 익히다 펜을 바로 잡게 되었고, 제 인생도 바뀌게 되었습니다. 그래서 제게는 잊을 수 없는 우연한 기억이고 펜을 어떻게 잡느냐가 삶에 영향을 미친다는 사실도 알게 된 경험이었습니다.

펜글씨는 처음 책을 통해 실제로 적어보게 되면 재미가 있고, 시간도 많이 걸리지 않아 상당히 유익할 행위입니다.

이제 펜글씨 책을 이용하여 연습했을 때, 어떠한 장점들이 있는지 살펴보겠습니다.

글씨가 더 예쁘다

—

펜글씨를 연습하면 글씨가 더 보기 좋고 예쁘게 됩니다. 많은 사람들이 글씨를 더 보기 좋게 잘 쓰고 싶은 마음이 있습니다. 본인 방법도 좋지만, 효과가 크게 나타나려면 펜글씨 책을 사서 한번 연습해 봄을 추천합니다. ㄱ부터 시작해서 ㅣ까지 적어보고, 가부터 하까지 적어보기도 합니다. 어릴 때 해보던 글씨 쓰기를 어른이 되어서 또 다시 바른 글씨로 연습해 봅니다. 물론 펜을 바로 잡은 자세로 적습니다. 펜을 바로 잡고 글씨를 쓰면 글씨가 더 바르게 적어집니다. 물론 바르지 않아 보여도, 크기나 기울기 등이 아주 바르게 나타납니다. 게다가 펜글씨 책으로 표준 글씨체를 익히기 때문에 글씨는 더욱 바르게 보입니다. 펜글씨 책 한 권을 다 사용하고 나면 무의식적으로 글씨를 적고 있는 자신에게 주변에서 글씨를 잘 쓴다는 칭찬을 이따금씩 듣는 경험을 하게 됩니다.

글씨에 힘이 있다

—

펜글씨를 연습하고 나면 평소 적는 글씨에 힘이 생기게 됩니다. 글씨에 힘이 있다는 말은 글씨가 어린아이 글씨처럼 보이지 않고, 작거나 크거나 하지 않습니다. 바르고 곧게 써져서 멋진 궁서체처럼 힘이 느껴지는 글씨를 의미합니다. 이러한 힘 있는 글씨를 보면 누구라도 보는 사람으로 하여금 좀 더 좋은 인상을 남길 수 있습니다.

글씨에 힘이 있는 이유는 손에 힘이 많이 들어가서가 아닙니다. 손에 힘이 많이 들어감은 글씨에 힘이 있다가 보다는 펜에 힘이 들어가는 의미입니다. 펜을 바로 잡아서 글씨에 힘이 있는 이유는 바른 자세에서 나오는 바른 글씨가 일정함과 자신감, 당당함이 있기 때문입니다. 바른 자세로 펜을 잡으면 아무래도 다른 사람 시선을 의식하지 않아도 되고, 당당하게 나타낼 수 있기 때문에 글씨에 더욱 자신감과 힘이 생기게 됩니다. 그리고 바르게 잡으므로 마음가짐에도 긍정적인 영향을 줍니다.

보다 더 논리적으로 행동할 수 있다

—

펜을 바른 자세로 잡고 펜글씨를 연습하면, 펜을 바로 잡지 않았을 때보다 더 논리적인 사고방식으로 바뀝니다. 나중에 펜 바로 잡기 장점과 효능에 대해 얘기할 텐데, 펜을 바로 잡게 되면 모든 상황에 감정적으로 섣불리

대하기보다는 객관적이고 이성적으로 대응합니다. 그 이유는 글씨를 적을 때에 펜을 바로 잡기 위해 신경을 쓰고, 글씨를 보기 좋게 적기 위해 좀 더 주의를 기울여서 쓰는데, 습관이 되어 어떤 상황에서든 바른 자세를 취하며 생각을 하기 때문입니다. 사실 이 얘기는 듣기만 해서는 공감하기 힘들고, 실제로 습관화 했을 때 직접적으로 경험을 해보면 느낄 수 있습니다.

펜을 바로 잡지 않는 사람들은 무언가에 대한 생각이나 주장 등이 논리적이지 못합니다. 왜냐하면 일상적으로 사용하는 펜을 바른 자세에 대한 생각 없이 그냥 잡기 때문에 어떠한 생각에 대해서도 바르고 논리적인 사고방식은 잘 하지 못하게 됩니다.

객관적으로 생각, 판단하게 된다

—

펜을 바로 잡지 않았을 때는 본인 방식으로 펜을 잡고, 본인 방식으로 글을 적습니다. 어떻게 보면 아주 주관적입니다.

반대로 펜을 바로 잡고 글씨를 적을 때는 펜을 바로 잡는 올바른 자세와 보편적으로 보기 좋은 글씨를 적으려고 하기 때문에 객관적이고, 올바른 행위라고 할 수 있습니다.

그렇기 때문에 바른 자세와 바른 글씨는 습관이 되면서 주변에 일어나는 모든 상황에 대해서도 바르게 생각하고, 주관적이기 보다는 객관적으로 바라보고 대처하게 됩니다. 바른 자세는 보다 객관적으로 생각을 하고 판단을 할 수 있게 도움이 됩니다. 그러면서 본인을 사회적으로나 조직적으로 또는 경쟁적으로 보았을 때 위치와 장단점들을 파악할 수 있고, 보다 발전된 모습을 기대할 수 있습니다.

이 또한 직접 실천해 보면 몸에 와 닿습니다.

펜 바로 잡기 효능에 대해 간단히 정리 해보았습니다. 펜을 바로 잡기 전과 비교를 해보겠습니다.

1. 무언가를 할 때 감성적이고 감정적으로 계획 없이 행동한다.

2. 주변 사람들 시선을 많이 의식하고, 옷차림이 적극적으로 자신을 표현하지 못한다.

3. 사회활동에 소극적이고, 내성적이다.

4. 손 모양이 예쁘지 않다.

5. 주관적인 판단을 많이 한다.

6. 생각과 표현이 논리적이지 못하다.

7. 자세에 대한 관심이 적다.

8. 성과가 적다.

9. 자기 발전이 늦다.

10. 글씨가 작거나 눈에 잘 띄지 않는다.

11. 무언가를 할 때 효율적이지 못한 노력만 한다.

12. 자신 생각을 잘 적절히 표현하지 못한다.

13. 주변 상황 또는 조직에 조화롭지 못하다.

14. 당당함과 자신감이 적다.

15. 조직이나 활동에서 눈에 띄지 않는 구성원이다.

16. 취미 활동이 없거나, 단조롭다.

17. 새로운 도전을 꺼린다.

펜을 바로 잡은 후

1. 무언가를 할 때 생각하고, 시나리오를 구상하고, 순서를 정하면서 한 가지씩 행동한다.

2. 본인 색깔이 있고, 옷차림이 상황과 장소에 맞게 입는다.

3. 사회활동에 적극적이고, 외향적이다

4. 손 모양이 고아지고 예뻐진다.

5. 객관적인 판단도 함께 한다.

6. 생각과 표현이 논리적이다.

7. 자세에 대한 관심이 많아진다.

8. 성과가 다양하고 많다

9. 자기 발전이 빠르고, 계속된다.

10. 글씨가 눈에 잘 띄고 바르고 보기 좋다

11. 무언가를 할 때 효율적인 방법을 생각하며 효과적으로 한다.

12. 자신 생각을 조리 있게 잘 표현한다.

13. 주변 상황 또는 조직에 잘 조화되어 있다.

14. 당당함과 자신감이 있다.

15. 조직이나 활동에서 눈에 띄는 구성원 또는 장이다

16. 취미 활동이 다양하고 많다.

17. 새로운 도전을 좋아한다.

제3장
작은 습관이 가장 기본적인 성공의 법칙이다

이번에는 제 사례를 살펴보겠습니다. 제가 펜을 바로 잡게 되면서 생긴 변화와 그로 인해 깨달은 점, 그리고 이러한 작은 습관이 가장 기본적인 성공 법칙이라는 사실을 알게 된 제 사례를 얘기해보겠습니다.

제 사례를 통해 그 동안 펜을 바로 잡지 않았던 독자에게 앞으로 발전에 큰 도움이 될 수 있다고 생각합니다.

펜 바로 잡기 전에는 이러했다

—

전 군대에 갈 때까지 펜을 올바른 방법으로 잡지 않았습니다. 나름 친구들도 많았고, 학교생활도 보통은 했고, 건강하게 자라왔습니다. 하지만 학교생활을 하면서 눈에 띄는 학생은 아니었고, 친구들과 교류에서도 색깔 있고 개성 있는 모습은 아닌, 그저 친구들이 가는 길을 함께 따라가는 그런 평범한 존재였습니다.

건강하게 자랐고, 운동을 좋아했습니다. 군대도 신체검사 1급으로 최전방을 갔지만, 그렇다고 운동을 기가 막히게 잘하지도 않았고, 군대에서도 몸 쓰는 일로 고생만 지독하게 하고 제대했습니다.

남들은 여자들도 잘 만나고 다니는데, 전 이상하게 여자들과는 인연이 없었고, 인연이 닿을까 하면 항상 슬픈 노래가사 같은 결과로 끝이 났습니다. 슬픈 음악 노래가사가 제 가장 가까운 밤 친구였습니다.

부모님과 관계는 사춘기를 겪으며 시간이 지날수록 점점 안 좋았습니다.

사춘기가 되면서 내적인 고민과 방황이 해결이 안 되면서 부모님 걱정과 응원, 간섭을 피하려 행동했고, 시간이 흐를수록 부모님과 대화도 점점 적어지게 되었습니다.

사춘기부터 군 생활까지 저에게 세상은 아주 힘들고 어두운 곳으로 느껴졌습니다. 제가 직접 옷을 샀을 때가 대학교 2학년 때였습니다. 그때까지는 어머니께서 제 옷을 사다 주셨습니다. 그만큼 외부 활동을 하지 않았고, 관심도 적었습니다. 그러면서 외부 생활에서도 자신감이 없었습니다. 남들은 옷을 사러 잘 다니고 하는데, 저는 그러지 못했으니까요. 아르바이트도 잘 하지 못했습니다. 고등학교를 졸업하고 아르바이트를 열심히 구해봤는데 마땅한 자리를 찾지 못하였습니다. 인터넷을 통해서 조금만 노력하면 할 수 있는 일이었지만, 그 당시에는 한두 군데 전화해보고 자리 없으면 포기했습니다. 그러다 대학교에 입학하고 방학 시즌에 친구 소개로 처음으로 아르바이트를 했습니다. 술집이었는데, 빨리 빨리 움직이지 못하고 꼼꼼하게 하지도 못해서 며칠 일하고 잘리기도 했습니다. 하지만 후에 다시 연락이 와서 일할 사람이 없다며 일하러 오라고 한 과정을 보면 그 술집도 문제는 있었지 싶습니다. 그리고 아버지 소개로 건축 관련 일도 아르바이트로 해보았지만, 며칠 일하고 너무 힘들어서 그만두기도 했습니다. 그렇게 외부 활동도 잘 못하고, 집에서만 주로 활동하던 저였습니다.

펜을 바로잡은 후 완전히 바뀌었다

—

제가 펜을 바로 잡게 된 시기는 군 생활 말년 병장 때부터 입니다. 마침 소속 간부들이 바뀌었는데, 바로 옆 분대 간부 한 명이 군 부대원들에게 인기도 많고, 운동도 잘하고, 업무도 능숙하게 잘하였습니다. 외모도 잘생기고 호감을 주는 스타일이었습니다. 일도 똑 부러지게 잘하고, 간부들 외부 교육에서도 성적이 좋아 상을 받아오고는 했습니다.

우연히 옆 분대에 갔다가 그 간부가 화이트보드에 적은 글씨를 보았는데, 깔끔한 일 처리만큼이나 글씨도 아주 깔끔하게 잘 적혀 있었습니다. 마치 우리나라 한글 궁서체를 보는 듯 멋지게 잘 적어서, 보자마자 저도 '보기 좋은 글씨'에 관심을 갖게 되었습니다. 그래서 그날 저녁 어머니께 연락하여 펜글씨에 관한 책을 구입하여 군부대로 보내줄 수 있느냐고 했습니다.

그 후 책이 도착했고, 저는 글씨를 '멋지고 보기 좋게' 적고 싶어 펜글씨를 틈틈이 시작했습니다.

펜글씨 책 첫 부분에는 글씨를 잘 적으려면 펜 잡는 방법부터 올바르게 해야 한다고 나와 있었습니다. 전 사진을 보면서 따라 하였고, 그때부터 제 펜 잡는 방법은 바뀌게 되었습니다. 아까 사진으로 보았던 펜을 바르게 잡는 모습처럼 말이죠.

그리고 틈틈이 펜글씨를 쓰면서 제 글씨가 예전보다 보기 좋게 되었고, 여러 사람들에게 글씨를 잘 쓴다는 얘기를 듣기도 하였습니다.

그러던 어느 날, 일 잘하는 옆 분대 간부의 펜 잡는 모습을 우연히 보게 되었는데, 역시나 펜을 올바르게 잡고 있었습니다. 이제 펜을 올바르게 잡는 방법을 알게 되니, 다른 사람들 펜 잡는 모습들을 유심히 보게 되었고, 공통점을 알게 되었습니다.

펜을 바르게 잡는 사람들이 업무도 잘하고, 사생활도 더 성공적이었습니다. 그리고 펜을 바로 잡기 시작한 저도 업무와 사생활이 더 풍족하고 만족스럽게 변해 감을 느꼈습니다.

아무 생각 없이 고생으로 시작했던 군 생활이, 말년에는 평화롭고 인정받고 웃으면서 제대하게 되었습니다. 이제 저는 새로 태어났고, 진정한 사회생활을 시작하게 되었습니다.

그 후로 대학교에 복학했고, 성적이 많이 올라 장학금을 받았습니다. 주말에는 야간 아르바이트를 했는데 이젠 아르바이트 일도 잘 해서 오래도록 일하며 제 용돈을 벌었습니다. 그리고 우수한 발표 성적으로 학교에서 지원하는 베트남 해외 봉사활동도 가게 되었습니다. 취직도 또래보다 이른 시기에 잘 하였고, 제 앞날을 걱정하셨던 부모님은 예상치 못한 취직 소식에 너무나도 놀랐고, 저는 부모님에게 걱정 대상에서 자랑 대상이 되었습니다.

그리고 직장 생활 근속년수가 쌓여가면서 부모님께 매년 해외여행과 용돈을 선물해 드리고, 또래보다 조금 더 이른 시기에 결혼도 하게 되었습니다. 그리고 그 다음해 딸도 출산했습니다.

지금은 배우자도 있고, 딸도 있고 하니 부모님과 대화도 예전보다 많아졌고 관계도 화목해졌습니다. 제 인생 노래 가사는 이제 더 이상 슬픈 노래 가사가 아닌, 하루하루 행복하고 설레는 노래 가사가 되었습니다.

물론 그 동안 주변 사람들, 또는 처음 보는 사람들 펜 잡는 모습을 유심히 살펴보았고, 펜을 잡는 방법에 따라 사회적 위치와 개인적인 생활 만족도 및 풍경도 다름을 다시 한 번 확인했습니다.

펜을 바로 잡고 난 후 제 모습은 정말 180도 달라졌습니다. 대학교에서 축구 동아리로 1학년 때부터 활동했는데, 군대에 가기 전에는 실력은 있다고 나름 생각했지만 항상 동아리에서 평가는 좋지 않았습니다. 술자리며 MT에서도 자리는 지키고 있는데 그다지 존재감이 있지도 않았습니다. 하지만 펜을 바로 잡은 군 제대 후에는 동아리에서도 활약할 수 있었고, 존재감도 나타냈습니다.

데이트도 자신 있게 할 수 있었고, 제 사생활과 취미 생활도 다양해지며 삶이 풍요로워졌습니다. 계속해서 행복한 일만 가득했고, 어려움을 겪는 순간도 경험 순간으로 바꾸며 발전해왔습니다.

교통사고에 대한 내 마음가짐

—

2012년 12월, 교통사고를 당했습니다. 지인들과 술을 먹고 늦은 시간 택시로 귀가 하는 중이었는데, 깨어나 보니 병원이었습니다. 알고 보니 음주운전자가 중앙선을 침범해 제가 탄 택시를 들이받았습니다. 앞자리에 탔고, 안전벨트를 하지 않았던 저는 사고와 함께 앞으로 튕겨나갔고 깨진 앞 유리가 제 얼굴을 가격했습니다. 그리고 저는 기절했습니다.

낯선 병원 풍경이 신기했습니다. 사고로 몸은 심한 동작을 할 수 없는 상태였고, 얼굴이 많이 다쳤습니다. 그때 다친 흉터가 아직까지 왼쪽 볼에 길게 있습니다. 처음 겪는 교통사고를 당하자 저는 신기했고 주변 환경들이 새롭게 보였습니다. 병원에서 3주정도 입원을 하고 통원 치료를 하였는데, 그간 못 보았던 동네 간판들이 눈에 띄고 세상이 참 아름답게 보였습니다. 그리고 평소 얼굴 어딘가가 마음에 들지 않으면 우울하고, 좀 더 멋진 얼굴을 바래왔었지만, 얼굴에 흉터가 생기자 그냥 제 얼굴 자체가 참 좋았습니다. 사고 이후 제 마음가짐이 완전히 바뀌었습니다.

교통사고 전에는 남들 다 하는 어학연수를 다녀올까 하여 아르바이트로 돈을 벌려고 계획 중이었습니다. 하지만 교통사고로 불가능하게 되었고, 그때 하고 있던 TOEIC 공부도 잠깐 쉬기로 하고 독서를 하였습니다. 그리고 꾸준한 독서로 제 인생도 바뀌게 되었습니다. 남들 다 하는 스펙 활동 보다는 제가 가고자 하는 길을 가기로 했고, 졸업 예정자로 빠른 취직을 했습니다.

교통사고라는 불행이 이렇게 긍정적인 결과로 나온 일도 펜을 바로 잡는 자세와 관련이 있습니다. 펜을 바로 잡지 않는 사람은 교통사고라는 불행을 불행으로 받아들이고 긍정적인 결과로 이끌어냄은 힘들 수 있습니다. 펜을 바로 잡는 자세에서 비롯된 올바른 사고방식과 자신감으로 불행 과정을 긍정적인 결과로 바꾼 일입니다.

제4장
SECRET

'SECRET' 번역하면 '비밀'인데, 이 책 또한 어떻게 보면 SECRET입니다. 아무도 모르는 성공 비밀이기 때문입니다. 펜을 바로 잡는 사소한 습관 변화가 더 나은 삶을 가져다줍니다. 저에게는 아주 커다란 SECRET이고, 이 비밀을 공개하면 제 경쟁 우위가 사라진다는 생각에 제 가까운 소중한 사람들을 제외하고는 아무에게도 얘기하지 않았습니다. 하지만 이 글을 통해 이젠 많은 분들에게 공유하게 되었고, 이젠 이 글을 읽는 독자 분들에게도 좋은 영향이 되기를 바랍니다.

과거 SECRET이라는 단어가 상당히 유행한 적이 있습니다. 외국 유명한 도서 때문인데, 성공 법칙이라는 주제이기도 했습니다. 어쩌면 이 글 또한 한 가지 성공 법칙이기 때문에 SECRET이라는 단어를 사용해서 표현해도 됩니다. 또한 이 비밀은 대부분 사람이 모르고 관심도 갖지 않는 부분이기 때문에 더욱 소중한 SECRET일 수 있습니다. 이제 이 비밀을 접하는 순간 새로운 사실 하나를 추가하는 행위이고, 결코 사소한 습관이나 행동이 사소하지 않을 수 있다는 점을 확인하는 일입니다.

이 사실을 아는 사람?

—

이 사실을 아는 사람이 있을까요? 아마 누군가는 알고 있을 수 있습니다. 펜글씨를 교육하는 직업을 가지신 분들은 아실 수도 있습니다. 그 분들은 펜을 바로 잡아야 하고, 그러한 방법을 교육하기 때문에 알 수도 있습니다. 하지만 더 나은 삶과 관련 있다고 생각하기 보다는 글씨를 바르게 쓰기에 좋다는 생각이 주를 이룰 듯합니다. 그리고 일반 사람들은 이 사실에 미처 관심을 가지지 못합니다. 그렇기 때문에 이 사실을 안다는 사소함만으로도 더 나은 삶에 대한 바른 습관과 태도 중요성에 대해 한걸음 다가갑니다.

이 사실(펜을 바로 잡으면 더 나은 삶을 살 수 있다)을 알게 되고, 주변 사람들 펜 잡는 모습들을 보면서 펜을 바로 잡는 사람들이 더 나은 삶을 살고 있음을 확인하면 이 사소한 습관이 사실 삶에서 필수 요소임을 알게 됩니다.

이 정보를 공유하는 이유

—

제가 이렇게 글을 쓰게 된 이유는 보다 많은 사람들에게 좋은 영향과 희망을 주고 싶어서 입니다. 저도 이런 변화가 있기 전에는 미래에 대한 불안과 막막함이 있었고, 매일이 비관과 절망이었습니다.

이 책을 보고 누군가가 변화를 시도하고, 그로 인해 긍정적인 에너지와 결과를 얻게 된다면 저로서도 한층 더 발전하고 행복한 보람입니다.

저는 사실 이 변화에 대한 비밀을 혼자만 간직 하려고 했습니다. 왜냐하면 저 혼자 이 변화로 인해 성공적인 인생을 살아가야지, 배 아프게 누군가도 이러한 변화로 성공을 느끼고, 퍼져서 모든 사람들이 알게 된다면 제 경쟁 우위는 사라지기 때문입니다.

하지만 제가 변화를 느끼면서 또 알게 된 사실은, 펜을 바로 잡는 사람끼리는 서로에게 더 좋은 영향을 주고 도움이 된다는 사실입니다. 펜을 바로 잡는 사람끼리 서로 좋은 영향에 대해서는 뒤에서 또 얘기하겠습니다.

제가 이 글을 쓴 배경도 사회 발전에 이바지함과 제 글을 읽은 독자들에 대한 영향력을 높일 수 있는 기회이기에, 여태 언급 되지 않던 색다른 방법 의견을 이 책을 통해 밝히고자 했습니다.

이 책을 통해 많은 사람들이 작은 변화로 큰 성공을 이루기를 바라고, 저 또한 작은 변화에서 계속되는 노력으로 많은 큰 경험들을 이루고 싶습니다. 절대 손해 보지 않는 작은 습관이니, 꼭 실천해보고 큰 변화를 느껴보시기 바랍니다.

펜을 바로 잡지 않는 분에게 이 글을 읽은 시간은 행운이자 운명이고, 제가 언급한 대로 펜을 바로 잡고, 추가적으로 펜글씨까지 익힌다면 변화된 자신을 느끼고 미래가 긍정적으로 느껴질 수 있습니다.

선뜻 변하려고 할까?

—

새로운 습관이나 변화에 대해 쉽게 접근하지 않는 사람들도 있습니다. 전달하는 사람 마음은 좋은 습관이니 꼭 익혀서 긍정적인 변화를 느껴보기 바라지만, 전달 받는 사람은 반신반의 합니다. 하지만 간단한 습관입니다. 큰 노력이 필요하지 않기 때문에 결국 한번쯤은 해보게 됩니다. 그리고 전달하는 사람 설득에 이해하게 됩니다. 바른 자세에서 나오는 바른 마음과 삶, 그리고 긍정적인 변화. 이를 이해하게 됩니다. 그러면서 처음에는 선뜻 실천하지 않으려 하지만 간단한 습관이기 때문에 시도해보면서 좋은 습관으로 자리 잡습니다.

사실 변하려는 행동도 개개인 다짐과 의지가 있어야 할 수 있습니다. 현재 본인 삶이 절망적이고 꼭 극복을 원하며 해답을 찾기 바라는 사람은 이러한 제안에도 쉽게 귀를 기울이고 실천하고자 합니다. 그러한 사람들은 제 글뿐만 아니라 다른 책들도 참고하여 변하려고 노력합니다. 반면에 현재 변하려는 의지가 없는 사람에게는 이러한 글도 도움이 되지 않을 수 있습니다. 어떠한 변화도 시도 하지 않고, 현재 삶에 헤매고 있다면 방황은 계속되고 삶에서 변화는 없습니다.

제5장
펜을 바로 잡으면 성공한다

펜 바로 잡는 방법과 장점, 그리고 제 사례를 살펴봤습니다. 제가 얘기한 부분들을 참고삼아 저희가 알고 있는 유명한 분들 펜 잡는 모습들을 살펴보십시오. 검색 사이트에서 자신이 궁금해 하는 유명인(정치인, 연예인, 유명 운동선수, 예술가 등) 펜 잡는 모습을 연관 검색어로 해서 검색해보면 많은 사진들이 나옵니다. 유명인들 펜 잡는 모습을 보십시오. 아마 펜을 바로 잡고 있습니다. 즉, 성공적인 삶을 살고 있는 사람들은 펜을 바로 잡고 있다는 사실을 확인할 수 있습니다. 그리고 바꿔 얘기하면 펜을 바로 잡는 사람들은 성공적인 삶을 살 수 있다는 얘기도 될 수 있습니다. 성공적인 삶을 살고 있는 분들이 펜을 바로 잡지 않았다면 지금처럼 성공적인 삶을 살 수 없지 않을까 합니다.

펜은 중요하다 (서명, 사인)

—

세계적인 운동선수나, 정치인, 그리고 갑부들은 펜을 들고 서명합니다. 자신이 확인했음을 서류에 펜으로 흔적을 남깁니다. 펜은 모든 중요한 거래에 사용됩니다. 이렇게 중요한 거래에 사용하는 펜은 바로 잡는 사람들에게만 허용됩니다. 펜을 바로 잡지 않는 사람들에게는 이렇게 중요한 거래 기회는 오지 않습니다. 펜을 바로 잡지 않는 사람들에게 이러한 거래는 본인이 감당하기 힘든 상황이기 때문입니다.

하지만 펜을 바로 잡는 사람들에게 이러한 거래는 충분히 감당할 수 있는 상황입니다. 펜을 바로 잡는 사람들에게는 이러한 거래와 계약이야 말로 꼭 필요합니다. 그러면서 세상을 향해, 그리고 더 발전된 미래로 나아갑니다.

펜을 바로 잡는 사람들에게는 서명 또는 사인을 하는 행동이 즐거운 일입니다. 바른 자세에서 나오는 바른 필체, 그리고 바른 마음을 담아 서명하는 일은 자신감과 자신 역사를 나타내는 일입니다.

반면 펜을 바로 잡지 않는 사람들에게 서명 또는 사인은 단순히 해야 하는 일 또는 하고 싶지 않은 일로 여겨질 수 있습니다.

무엇이든 잘 되게 하는 펜 바로 잡기

—

펜을 바로 잡으면 무엇이든 잘 되게 됩니다. 펜을 바로 잡는 자세에서 나오는 올바른 사고방식과 가치관, 자신에 대한 믿음 때문입니다.

펜을 바로 집는 사람들은 자신이 몰입하고 있는 목표에 대해 최선을 다하고, 다른 방해 거리에 현혹되지 않습니다. 현혹되지 않기 위해 좋은 습관들을 갖고 환경을 만듭니다. 예를 들어 해외 유명 축구선수가 본인 축구 기량을 계속해서 유지하기 위해 음주와 흡연을 하지 않고, 식생활을 본인 몸에 맞게 합니다. 그리고 남들보다 더 빨리 출근하고 더 늦게 퇴근하며 열심히 훈련에 매진합니다. 이러한 선수가 과연 남들보다 못할 수 있을까요? 이런 습관과 행동들이 펜을 바로 잡는 사소한 습관에서부터 출발하여 이루어집니다.

펜을 바로 잡는 습관에서부터 바른 자세와 사고방식에 대해 가치관이 형성되어 있기 때문에, 어떤 일을 하던지 올바른 과정과 결과에 대해 생각합니다. 그리고 그에 맞지 않은 과정 또는 결과가 나타나면 극복하려 노력합니다.

어떤 분야에서든 두각을 나타낸다

—

펜을 바로 잡는 사람들은 어떤 분야에서든 두각을 나타냅니다. 다른 말로 해서 어떤 분야에서 두각을 내는 사람들은 모두 펜을 바로 잡습니다. 직장인이라면 회사에서 오래 근무한 상사들 펜 잡는 모습을 보십시오. 모두 펜을 바로 잡습니다. 특히나 높은 위치에 있으신 분들은 더욱 그렇습니다. 펜을 아주 바르게 잡습니다. 펜을 바로 잡음으로써 그러한 위치까지 갈 수 있는 밑바탕이 됩니다. 직장에서도 어떠한 일에 쉽게 좌절하지 않고, 이겨내며 해결하고 그렇게 시간이 흐르면서 진급을 하고, 본인 위치를 확보할 수 있습니다. 그리고 본인 노하우와 함께 회사에서 본인 색깔도 나타내게 됩니다.

이처럼 한 분야에서 두각을 내는 사람들은 펜을 바로 잡습니다. 가장 기본적인 펜을 바로 잡는 자세에서 모든 행동이 시작됩니다. 기본이 잘 되어 있어야 무엇을 하던지, 시작과 끝을 잘 해나갈 수 있습니다. 그리고 그러한 바른 자세에서 나오는 바른 사고방식과 습관들이 어떤 일을 하던지 결국 두각을 나타내는 성과를 거둡니다.

성공한 사람들 (유명인 포함)

—

포털 사이트에서 유명한 연예인, 운동선수, 정치인, CEO 등 펜 잡는 모습을 검색해 보십시오. 사진이 나올 수 있는 어떠한 연관 검색도 됩니다. 어떤가요? 제가 아까 얘기한 펜 바로 잡는 방법과 완벽히 일치하지 않나요? 성공적인 인생을 살고 있는 사람들 중 가장 기본적인 공통점은 펜을 바로 잡는 자세입니다. 이제 독자 분들도 좀 더 의욕과 자신감이 생길 수 있습니다. 모든 일류가 여러분과 펜을 똑같이 잡고 있고, 여러분도 일류와 같은 기본적인 조건을 갖추었습니다.

국내뿐 만 아닙니다. 해외 유명인(운동선수, 정치인, 연예인, 예술인)들도 모두 그렇습니다. 성공한 사람들은 모두 펜을 바로 잡습니다.

높은 지위 주변 사람들

—

주변 높은 지위에 있는 사람들 펜 잡는 모습을 살펴보십시오. 직장인이라면 결재 받으러 가서 팀장님, 부장님, 이사님, 사장님 등 윗사람들 펜 잡는 모습을 한번 살펴보십시오. 아마 펜을 바로 잡고 있습니다. 그렇지 않다면 그 자리까지 올라가기 힘들기 때문입니다.

그리고 회사가 아니더라도 외부 업체 직원, 또는 동네 가게 사장님, 공무원 등 일상생활에서 만날 수 있는 사람들도 눈 여겨 보십시오. 아마 괜찮은 생활을 하고 있는 분들은 모두 펜을 바로 잡고 있습니다.

높은 지위 사람들, 그리고 본인 영역에서 부와 영예를 누리는 사람들은 모두 펜을 바로 잡습니다. 펜을 바로 잡으면 지위와 부, 영예가 따라옵니다.

사회에 잘 적응한다

—

펜을 바로 잡는 사람들은 사회에 잘 적응합니다. 항상 세상에 당당하고 자신을 잘 내세울 수 있습니다. 어떤 분야이든 그 사회에 맞는 일원이 되고, 전체에 맞는 한 가지 요소로서 역할을 잘 해냅니다. 그렇게 한 가지 요소로 시작하여, 눈에 띄는 존재가 되면서 중요한 요소가 되어갑니다. 어떤 상황이나 위치에서도 잘 적응합니다.

펜을 바로 잡게 되면 생각에도 변화가 옵니다. 바르게 잡는 습관으로 바른 사고방식을 갖게 됩니다. 이러한 바른 사고방식은 세상이 추구하는 기본적인 관념에도 들어맞습니다. 그렇기에 기본적인 관념과 본인 사고방식이 일치합니다. 이렇게 기본적인 관념과 본인 사고방식이 일치하면 살아가는데 큰 장애물이 없습니다. 자신이 하는 행동이 곧 사회적인 기본 관념이기 때문입니다. 반면에 펜을 바로 잡지 않는 사람들은 좁은 사고방식으로 행동하고, 종종 사회 기본적인 관념과 맞지 않을 때가 있습니다. 그렇기에 펜을 바로 잡지 않는 사람들은 종종 사회에 적응하지 못하는 경우가 있습니다. 이처럼 펜을 바로 잡는 사람들이 사회에 잘 적응 하는 이유는 바른 자세에서 비롯한 바른 사고방식이 이유입니다.

펜을 바로 잡지 않는 사람들은 보다 사회에 잘 적응하기 위해서라도 펜을 바로 잡아야 합니다. 펜을 바로 잡으면 그 후엔 사고방식이 바뀌게 되고, 힘들었던 사회 적응도 보다 수월하게 변하는 과정을 느낄 수 있습니다.

기본이 잘 되어있다

—

사회에 잘 적응하는 펜을 바로 잡는 사람들은 기본이 잘 되어있습니다. 조직 생활에서도 기본적인 옷차림, 필요 도구, 예의예절, 조직에 대한 지식이 잘 되어있습니다. 또한 개인적인 취미 생활, 운동, 습관 등에서도 기본이 잘 되어있습니다. 이렇게 기본이 잘 되어있는 사람들은 어떠한 행위에서도 수월하고 좋은 결과가 따라옵니다.

펜을 바로 잡는 행위는 기본을 중요시하고 가장 기초적인 바른 자세입니다. 그렇기에 펜을 바로 잡는 사소한 행위가 하루에도 무한히 반복되기 때문에 이 자세가 잘못되면 기본이 흐트러집니다. 기본자세가 흐트러지면 사고방식에도 영향을 주고, 점점 커져 더 큰 일을 그르치게 됩니다. 펜을 바로 잡는 사람들은 기본적인 자세가 잘 되어있고, 다른 행위에서도 기본적인 자세가 잘 되게 됩니다. 그리고 기본적인 사고방식도 바르게 되며, 이는 전체적으로 기본이 잘 형성됩니다. 이렇게 기본이 잘 되어있는 사람들은 무엇을 하던지 수월합니다.

펜을 바로 잡지 않는 사람들은 가장 기본적인 습관에서 바르지 않습니다. 하루에도 여러 번 반복 하는 펜 잡는 행위는 자세가 옳으냐, 그렇지 않느냐에 따라 다른 많은 행위에도 영향을 줍니다. 현재 만족스럽지 않은 삶을 살고 있는 펜을 바로 잡지 않는 사람들은 기본이 잘 되어있지 않습니다. 기본을 갖추기 위해 가장 작고 중요한 습관인 펜을 바로 잡는 행위가 선행되어야 합니다.

보편적이고 상식적인 생각

—

사회에 잘 적응하기 위해서는 보편적이고 상식적인 사고방식이 필요합니다. 사회는 여러 사람들이 조화롭게 얽혀있기 때문에 독특하고 비상식적인 사고방식과 행동은 결코 사회에 조화롭게 적용되기 힘듭니다. 펜을 바로 잡는 사람들은 그렇지 않은 사람들보다 사회에 잘 적응합니다. 그 이유는 보편적이고 상식적인 생각을 하기 때문입니다. 펜을 바로 잡는 사람들이 보편적이고 상식적인 생각을 하는 이유는 기본자세 입니다.

펜을 바로 잡는 기본자세가 사고방식을 결정합니다. 매일 무한히 반복하는 펜을 잡는 행위는 그 영향이 무척 큽니다. 펜을 바로 잡는 사소한 습관이 사고방식에도 영향을 줍니다. 펜을 바르게 잡음으로서 그 행위가 무한히 반복되면 사고방식도 바르게 되어갑니다. 보편적이고 상식적인 사고방식도 갖추게 되는데 이는 개인적인 습관과 생활에도 영향을 주지만, 사회에서 자신 역할과 행동에도 영향을 줍니다. 사회가 요구하는 사고방식과 행위를 펜을 바로 잡는 사람들은 조건을 갖추게 됩니다. 반면 펜을 바로 잡지 않는 사람들은 사회가 요구하는 사고방식과 행위를 갖추지 못하는 경우가 많습니다. 그 이유는 계속해서 얘기하지만, 펜을 바로 잡지 않는 자세에서 비롯한 바르지 않은 사고방식입니다. 바르지 않은 사고방식이라고 해서 꼭 나쁜 생각만을 얘기하지는 않습니다. 사회가 요구하는 보편적인 사고방식을 갖추지 않았다는 의미입니다. 그렇기에 펜을 바로 잡지 않는 사람들은 사회 적응에 실패할 가능성이 많고, 사회생활에서도 높은 위치로 가기보다는 낮은 위치로 가게 됩니다.

펜을 바로 잡지 않는 사람들은 사회생활에서 더 진전된 모습을 보이지 않는 경우가 많습니다. 펜을 바로 잡는 습관을 갖추면 사회생활에서 더 진전된 모습을 느낄 수 있습니다. 펜을 바로 잡는 습관으로 보다 사회에 수월한 적응과 발전으로 더 만족스러운 삶을 살 수 있습니다.

내 주변 펜을 바로 잡지 않는 사람들

—

이번에는 펜을 바로 잡지 않는 사람들 이야기입니다. 주변 펜을 바로 잡지 않는 사람들을 살펴보십시오. 회사 내 신입 경리, 또는 지게차를 운영하면서 무기력한 모습을 보이는 직원, 고졸로 취업하여 매일 술과 함께하는 공장 근로자, 짧은 일자리를 계속해서 옮겨 다니는 친구, 일일 노동자 등 일상생활에서 펜을 바로 잡지 않는 사람들을 쉽게 발견할 수 있습니다. 공통점은 자기계발과 취미 생활 보다는 유흥이나 게임 같은 쾌락을 좋아하고, 술과 친구들을 좋아합니다. 이렇게 주변에 만족스럽지 못한 삶을 살고 있는 분들 공통점도 펜을 바로 잡지 않는다는 점입니다. 그러한 분들에게 이 글이 필요한 이유입니다.

펜을 바로 잡지 않으면 그 삶도 바르지 않습니다. 제 시기에 해야 할 일들을 하지 못하고, 이루어야 할 일들을 이루지 못합니다. 본인 우물 안에서 생활하고, 주변에 어울리는 사람들도 모두 자신과 비슷한 위치와 삶을 살고 있습니다. 삶이 힘들고, 삶에 위로를 주는 위안은 잠시나마 쾌락을 주는 유흥이나 게임 정도입니다.

말하기도 달라진다
—

펜을 바로 잡으면 말하기에서도 달라집니다. 펜을 바로 잡지 않는 사람들은 말하기에 자신감 없고, 힘이 없습니다. 또한 감정적인 말하기가 주된 방법이고 결코 사회적인 말하기는 아닙니다. 반면에 펜을 바로 잡는 사람들 말하기는 사회적으로 보편적인 말하기 방식이며, 설득과 이해에 도움이 되는 논리적인 말하기를 펼칩니다. 그렇기에 펜을 바로 잡는 사람들은 말하기 방식이 올바르기 때문에 그렇지 않은 사람들보다 소통이 더 원활하게 잘됩니다.

펜을 바로 잡는 자세는 말하기 방식에도 영향을 미칩니다. 펜을 바로 잡는 자세는 누구에게나 당당하게 드러낼 수 있는 모습이고, 올바른 사고방식에도 영향을 줍니다. 그렇기에 누군가에게 말할 때에도 더 당당하고 올바른 사고방식으로 말합니다. 그렇기에 펜을 바로 잡으면 말하는 방식도 달라집니다.

올바른 자세와 올바른 생각이 바탕이 되면 드러내는 표현 방식도 달라집니다. 그 표현 방식 기본인 말하기도 달라집니다. 펜을 바로 잡는 사람들은 그렇지 않은 사람들보다 말하기에서 더 뛰어난 소통을 보입니다. 핵심적이고, 논리적이며 자신감이 있습니다. 말하기에서 고민인 사람이 펜을 바로 잡지 않고 있다면, 펜을 바로 잡는 순간 말하기 방식도 바뀜을 느끼게 됩니다.

논리적인 말하기

—

펜을 바로 잡는 사람들은 논리적인 말하기를 합니다. 주장과 근거가 순서가 맞고, 감정적이기 보다는 데이터와 논리에 맞는 말하기를 합니다. 논리적인 말하기는 설득과 이해에 도움이 됩니다. 논리적인 말하기로 갈등과 오해를 줄일 수 있습니다. 그렇기에 우리는 논리적으로 말해야 합니다. 반면 펜을 바로 잡지 않는 사람들은 논리적인 말하기에 약합니다. 보다 감정적이고 근거를 바탕으로 한 주장이기 보다는 주장이 주를 이룹니다. 이러한 말하기 방식은 오해와 갈등을 일으키고 소통에 방해가 됩니다. 소통에 방해가 되면 성과에도 영향을 미치고 결과에도 차이가 발생합니다.

펜을 바로 잡는 자세는 사고방식에 영향을 줍니다. 사소하지만 바른 자세에서 바른 사고방식이 생겨납니다. 이러한 바른 사고방식은 표현 될 때에도 바르게 나타납니다. 바른 말하기는 앞과 뒤가 맞는 방식이며, 주장과 근거가 맞는 방식입니다. 사람들 이해에 도움이 되는 말하기 방식이며 소통에 긍정적인 영향을 줍니다. 논리적인 말하기를 펼치는 사람은 말을 잘한다는 인식을 줍니다. 말을 잘하는 사람들은 펜을 바로 잡습니다.

이처럼 펜을 바로 잡는 사람들은 논리적인 말하기를 하고, 그렇지 않은 사람들은 논리가 부족한 말하기를 합니다. 논리적인 말하기가 하고 싶은 사람들에게 가장 먼저 필요한 방법은 펜을 바로 잡는 자세입니다.

힘 있는 말하기
—

펜을 바로 잡는 사람들은 힘 있는 말하기를 합니다. 힘 있는 말하기란 듣는 이에게 메시지를 전달함에 있어서 인식이 잘되게 하는 말하기를 뜻합니다. 힘 있는 말하기는 어떠한 주장에 대해서도 그렇지 않은 말하기 방식보다 더 강하게 와 닿습니다.

힘 있는 말하기는 목소리를 크게 함을 의미하지 않습니다. 바른 말로 상대에게 강하게 인식되는 말입니다. 올바른 말과 표현은 상대에게 정확히 전달되고 표현하는 의미가 이해를 쉽게 해줍니다. 올바른 말과 표현은 펜을 바로 잡는 자세에서 비롯된 바른 생각에서 나옵니다. 그렇기 때문에 힘 있는 말하기 기본적인 요건도 펜을 바로 잡는 자세가 기초라고 할 수 있습니다.

펜을 바로 잡는 자세는 바른 생각과 사고방식을 이끌며 말하기 방식에서도 당당하고 자신 있게 말할 수 있습니다. 그렇기에 더욱 힘이 느껴지는 말하기 방식입니다. 펜을 바로 잡지 않는 사람들이 힘 있는 말하기를 하고 싶다면, 먼저 펜을 바로 잡기와 바른 생각이 선행되어야 합니다.

감정 조절 말하기

—

펜을 바로 잡는 사람들은 그렇지 않은 사람들보다 말을 할 때에 감정 조절이 더 탁월합니다. 펜을 바로 잡는 사람들은 감정에 영향을 주는 일에 대응할 때 감정부터 앞서지 않고, 단계적이고 차분하게 대응을 하며 말로 표현합니다. 하지만 펜을 바로 잡지 않는 사람들을 감정적으로 먼저 대응을 하고 말로 표현됩니다. 이렇게 표현 방식에서 차이가 나면 성과와 결과가 달라집니다.

펜을 바로 잡지 않는 사람은 표준적이고 올바른 자세에 신경을 쓰지 않기 때문에 무언가에 대한 일처리도 체계적이지 않고 보다 감정적으로 대하게 됩니다. 말로 표현될 때에는 더욱 감정적으로 표현됩니다. 억지로 감정을 표현해야할 때에도 마찬가지입니다. 펜을 바로 잡는 사람에게 감정 조절은 본인 관리로 충분히 선택 가능한 영역입니다. 펜을 바로 잡기 때문에 감정 또한 상황에 따른 바른 감정들을 알기 때문입니다. 펜을 바로 잡지 않는 사람들은 상황에 따른 본능적인 감정만 나타나게 됩니다.

감정 조절이 잘 되지 않고, 바로 표현이 되는 사람들이라면 먼저 펜을 바로 잡는지 살펴봐야합니다. 펜을 바로 잡지 않는 사람들에게는 먼저 펜을 바로 잡는 자세 교정에서 감정 조절도 덩달아 나타나게 됩니다. 그리고 말하기 방식에서도 보다 감정 조절이 되는 표현이 됩니다.

자신감 있는 말하기

—

펜을 바로 잡는 사람들 말하기에는 자신감이 있습니다. 자신감 있는 말하기에는 듣는 사람에게 신뢰와 이해에 도움이 됩니다. 자신감 있는 말하기는 좋은 성과와 발전에도 도움이 됩니다.

펜을 바로 잡는 사람들은 평소 자신에 대한 자신감이 있습니다. 무언가 성과를 내고, 평소 습관도 좋아서 남들에게 당당합니다. 반박되는 잦은 성공들이 자신감을 갖게 합니다. 이 또한 펜을 바로 잡는 자세에서 나오는 바른 생각으로 가능합니다. 바른 자세와 생각은 언제나 좋은 결과를 만들어줍니다. 그렇기 때문에 자신감이 있습니다. 자신감은 말하기라는 표현에서도 드러납니다. 자신감 있는 말하기는 결국 더 좋은 본인 장점이 되고, 연속적인 성공 선순환을 이끌어줍니다.

반면 펜을 바로 잡지 않는 사람들은 말하기에도 자신감이 없습니다. 그래서 말하기가 성과와 평판에 더 좋지 않은 영향을 줍니다. 바른 가치관과 생각이 자리 잡고 있지 않기 때문에 말하기에서도 자신감이 없습니다.

말하기에 자신감이 없는 사람들은 먼저 본인 펜 잡는 습관을 돌아볼 필요가 있습니다. 펜을 바로 잡으면서 바른 사고방식과 가치관 형성으로 자신감을 높여 말하기도 자신 있게 할 수 있는 자신을 경험합니다.

단백한 말하기

—

여기서 단백한 말하기는 듣는 이에게 요점을 성확히 진달하고, 불필요한 말들은 하지 않음 을 의미합니다. 단백한 말하기는 필요한 말만 하고, 요점을 정확히 집기 때문에 듣는 이에게 쉽게 공감과 이해를 할 수 있게 합니다.

펜을 바로 잡는 사람들은 평소 자세가 바르기 때문에 바른 사고방식을 갖습니다. 그렇기에 어떠한 주제나 문제에 대해 바르게 판단하여 옳은 대화를 하려고 합니다. 그러면서 듣는 이에게 판단과 이해에 불필요한 말들은 하지 않고, 요점에 관해서만 주로 얘기를 합니다. 그래서 결과와 평판도 좋게 따라옵니다.

반면에 펜을 바로 잡지 않는 사람들은 평소 자세가 바르지 않기 때문에 생각도 바르지 않게 됩니다. 그러면서 어떠한 주제나 문제에 대한 얘기를 할 때 바르지 않은 말들을 하게 됩니다. 그게 바로 불필요한 말들과 이야기 순서가 맞지 않는 경우입니다. 그래서 평판이나 결과도 좋지 않게 됩니다.

말하기에 불필요한 말들을 많이 하던지, 혹은 이야기에 순서가 맞지 않아 상대방에게 이해와 공감에 어려움을 겪는 사람들은 펜 잡는 방법을 다시 보아야 합니다. 자신이 펜을 바로 잡지 않는다면 기본적인 생활 자세가 좋지 않기 때문에 사고방식과 가치관에도 영향을 줍니다. 그렇기에 말하기라는 표현에서도 불필요하고 순서가 맞지 않는 말하기가 됩니다. 펜을 바로 잡아서 단백한 말하기로 상대방에게 요점과 사실을 잘 전달하여 속 시원한 말하기가 되어야 합니다.

듣기에서도 달라진다

—

펜을 바로 잡는 사람들은 듣기에서도 다릅니다. 잘 들어주고, 귀담아 들어주고, 말을 중간에 끊지도 않습니다. 반응도 좋고, 적절한 질문도 함께 합니다. 이야기 하는 사람 입장에서는 대화하기 즐거운 상대라고 할 수 있습니다. 반면에 펜을 바로 잡지 않는 사람들은 듣기가 참 힘듭니다. 자신이 관심 있어 하는 주제에 대한 듣기는 무리없이 잘 듣지만, 그렇지 않은 주제에 대해서는 얼른 상대방 말을 자르고, 자신 관심사에 대해서만 얘기하려고 합니다. 그래서 대화하는 상대가 말하기에 즐거운 시간을 갖지 못합니다.

펜을 바로 잡는 사람들은 바른 자세에서 나오는 바른 사고방식이 듣기에서도 나타납니다. 상대방 이야기를 들을 때 바른 자세가 무엇인지 생각하고, 그에 대한 지식을 적용합니다. 반대로 펜을 바로 잡지 않는 사람들은 바른 자세에 대한 생각이 없기 때문에 듣기에서도 바른 자세에 대해 생각하지 않습니다. 본인 좁은 생각으로 듣기를 합니다. 그렇기 때문에 듣는 자세에서도 성과와 발전이 좌우되고, 그 결과도 달라집니다.

듣기를 잘 하지 못하는 사람들은 펜을 바로 잡지 않을 가능성이 높습니다. 상대방 말을 끝까지 듣지 못하거나, 상대방에게 더 이야기할 기회를 주지 못합니다. 또 상대방 이야기에 대한 반응도 상대방을 즐겁게 하지 못합니다. 펜을 바로 잡는 사람들은 듣기를 잘합니다. 상대방에게 이야기 할 기회를 계속해서 주고, 적절한 질문과 반응도 합니다. 그리고 자신에게 필요한 정보들은 더욱 귀담아 듣고 상대방과 함께 발전합니다.

경청

—

사람이 귀가 2개이고, 입은 1개인 이유가 말하기보다 듣기를 더 많이 해야 한다는 말이 있습니다. 게다가 자신이 말하는 행동 보다 2배로 더 듣기를 한다면 자신에게는 더 이익 됩니다. 그만큼 더 많은 정보와 지식을 얻을 수 있고, 에너지도 덜 사용하기 때문입니다. 듣기만으로도 환자 병을 고치는 의사도 있다고 합니다. 그만큼 누군가에게 말하지 못해 병이 나는 경우도 있습니다. 이렇게 우리 사회는 경청하기 보다는 누구나 말하기 위한 사회가 되었을 수도 있습니다.

빈 수레가 요란하다는 속담이 있습니다. 무지한 사람이 더 시끄럽게 떠든다는 말인데, 실생활에서 보면 이러한 경우가 참 많습니다. 많은 지식을 알고 있고, 능력이 뛰어난 사람은 그렇지 않은 사람보다 더 조용하고 상대적으로 적게 얘기합니다. 뛰어난 성과를 내는 여러 승리자들도 말 보다는 실력으로 모두 보여줍니다. 말이 많으면 목소리가 소음으로 느껴지기도 합니다.

우린 더 나은 미래를 위해 상대방 이야기에 경청하는 습관을 길러야 합니다. 즐거운 대화를 위해서도, 자신 지식과 발전을 위해서도 경청이 필요합니다. 펜을 바로 잡는 사람들이 경청하는 이유도 이 자세가 옳고, 자신에게 도움이 됨을 알기 때문입니다.

말을 자르지 않는다

—

기본적인 경청은 상대방 말을 중간에 자르지 않습니다. 상대방 말을 자르면 상대방은 결국 자신을 무시하고 본인 주장만 내세운다고 느낍니다. 그러면 대화는 실패가 되고, 인식도 안 좋아집니다. 말을 자르는 사람이자 잘 듣지 않는 사람이라는 평판이 생깁니다. 독불장군 이미지가 되고, 업무에서도 협업이 잘 되지 않습니다.

자신 생각과 다르거나, 혹은 자신이 주장할 이야기가 있더라도 상대방 이야기를 끝까지 듣고 회신을 함이 좋습니다. 상대방도 자신 주장이 있고, 주장도 언어 순서에 맞춰 하기 때문에 중간에 말을 자르면 자신 이야기를 듣지 않으려 한다는 인상을 주게 됩니다. 그러면 상대방도 결국 자신 주장만 하게 되고, 말을 자르려 합니다.

펜을 바로 잡는 사람들은 말을 중간에 자르려 하지 않습니다. 바른 자세에 대한 인식이고, 듣기에서도 바른 자세에 대해 알기 때문입니다. 바른 듣기 자세는 상대방 말을 자르지 않고 끝까지 듣는 자세입니다. 바른 자세에 대한 인식이 부족한 펜을 바로 잡지 않는 사람들은 상대방 말도 잘 자릅니다. 바른 자세에 대한 인식이 부족하기 때문에 펜을 바로 잡는 습관으로 평소 바른 습관과 자세가 이러한 문제를 해결해 줍니다.

적극적으로 듣는다

—

펜을 바로 잡는 사람들은 상대방 이야기를 들을 때에도 적극적으로 듣습니다. 반응이 좋고, 무언가를 메모하기도 하고, 적절한 질문도 합니다. 그러면서 더 많은 정보와 지식들을 습득하고, 상대방과 신뢰와 교류도 좋아집니다. 반면에 펜을 바로 잡지 않는 사람들은 소극적으로 듣습니다. 그냥 듣기만 하고, 자신 관심사에 대해서만 반응과 질문을 합니다. 듣기가 힘들고, 빨리 말을 하고 싶어 합니다. 듣기를 적극적으로 하느냐, 소극적으로 하느냐에 따라 자신에게 이로운 정보와 지식들을 얼마나 얻고, 상대와 관계도 더 좋고 나쁘고 차이가 발생합니다.

펜을 바로 잡는 사람들은 기본적인 바른 자세가 성립되어 있기 때문에 어떠한 행위에 대해서도 바른 태도를 유지합니다. 대화에 있어서도 바람직한 듣기 역할에 대해 잘 알고 있는 경우가 많습니다. 그렇기에 펜을 바로 잡는 사람들은 듣기를 더 잘합니다. 반면에 펜을 바로 잡지 않는 사람들은 기본적인 바른 자세에 대한 생각이 적기 때문에 대화에서도 어떠한 태도가 바른 태도인지에 대해 인지하지 못하는 경우가 많습니다. 그렇기에 본능적으로 자신이 필요한 목표에 대해서만 적극적으로 듣고, 얼른 자신이 말하고자 하는 주장에 대해 말하려고 하는 경우가 많습니다. 그러면서 듣기 차이에 따라 평판과 결과, 발전에서도 차이가 나타나게 됩니다.

펜을 바로 잡는지 여부에 따라 대화에서 듣기가 적극적인지, 소극적인지도 차이가 발생합니다. 대화에서 더 좋은 정보와 지식을 얻고, 관계에서도 좋은 관계를 유지하려면 듣기를 적극적으로 해야 합니다. 펜을 바로 잡음으로서 올바른 가치관 형성으로 듣기 태도에서도 다른 결과가 나타납니다. 펜을 바로 잡지 않는 사람들이 펜을 바로 잡음으로써 나타날 또 다른 변화입니다.

좋은 정보는 내 지식으로 만든다

—

펜을 바로 잡는 사람들은 듣기에서 좋은 정보를 얻게 되면 내 지식으로 만듭니다. 바로 실천에 옮기거나, 메모를 해두고 후에 실천으로 옮깁니다. 그렇게 하여 다른 삶을 살 수 있는 계기가 되기도 합니다. 저도 펜을 바로 잡고 2년 정도 흘렀을 때, 우연히 TV에서 취업준비생들을 대상으로 한 강연을 보게 되었는데, 강연자가 이야기한 독서 권유한 한마디가 저를 변하게 했습니다. 책을 많이 읽으라는 조언이었는데, 수많은 책들 중에 유독 눈에 띄는 책이 있으면 그 책이 자신에게 필요한 책이라는 내용이었습니다. 그리고 저는 바로 책들을 찾아다녔고, 유독 눈에 띄는 제게 맞는 책들을 읽기 시작했습니다. 그리고 제 삶도 변했습니다.

저 또한 펜을 바로 잡지 않았더라면, 그러한 중요한 정보도 그냥 듣기만 하고, 실천은 하지 않았습니다. 펜을 바로 잡기 전까지 제 삶이 그랬습니다. 펜을 바로 잡으면 바른 자세와 생각에서 좋은 정보도 내 지식으로 습득 하려는 의지가 강해집니다. 몸에 좋은 무언가를 더 찾아다니는 행동처럼 내게 도움이 되는 정보들을 찾아다니고, 내 지식으로 습득하려고 합니다. 반면에 펜을 바로 잡지 않으면 바른 자세와 생각에 대한 관심이 없어서, 자신에게 도움이 되는 정보들도 필요 여부를 잘 판단하지 못하고, 실천에 옮기지 못합니다.

우리는 발전하려면 좋은 정보들을 항상 가까이 해야 하고, 계속해서 발전하고 변해야합니다. 펜을 바로 잡지 않으면, 이러한 좋은 정보들도 가까이 하지 못하고, 계속해서 자신을 비켜 지나가게 됩니다. 펜을 바로 잡으면 이러한 정보들도 바로 잡아 내 지식으로 만들 수 있습니다.

더 좋은 아이디어를 떠올린다

—

펜을 바로 잡는 사람들은 아이디어가 무궁무진합니다. 계속해서 참신한 아이디어들이 떠오르고, 새로운 정보들을 원합니다. 그리고 계속해서 새로운 시도들을 하면서, 삶에 대한 질도 높아집니다. 반면에 펜을 바로 잡지 않는 사람들은 더 좋은 아이디어가 잘 떠오르지 않습니다. 현 사회에서 살아가기도 벅찹니다. 세상이 왜 이렇게 돌아가는지, 사회에 맞춰서 살아가기도 힘듭니다. 그렇기에 더 좋은 아이디어가 떠올라도 실천이 힘듭니다.

펜을 바로 잡는 사람들은 기본적인 바른 자세에서 비롯한 바른 생각과 가치관이 있습니다. 그렇기에 사회에서 자신이 생각하는 이상적인 모습이 없으면 더 좋은 아이디가 떠오릅니다. 자신 삶에서도 마찬가지입니다. 자신이 생각하는 이상적인 삶이 떠오르거나, 혹은 어딘가에서 그러한 모습을 보았다면, 자신 삶을 그런 모습으로 바꾸려고 노력합니다. 계속해서 그러한 노력들이 쌓이면 후에 삶에 대한 질은 더욱 높아져있습니다. 반대로 펜을 바로 잡지 않는 사람들은 그러한 이상적인 모습을 꿈꾸거나, 그러한 모습을 보고서는 자신에게 적용하지 못합니다. 평소 바른 자세와 습관이 되어있지 않기 때문에 자신 삶도 바르게 하지 못하기 때문입니다. 자신 삶에 대한 자세와 습관이 바르게 되어있어야 더 나은 이상적인 모습을 위해 노력할 수 있고, 그러한 발전이 있습니다.

펜을 바로 잡는 사람들은 계속해서 발전이 있고, 더 나은 삶을 위해 노력합니다. 그리고 그러한 아이디어들을 계속해서 떠올리고 시도합니다. 이러한 노력들이 결국 또 나른 질 좋은 삶으로 안내해줍니다. 펜을 바로 잡고 있지 않다면 펜을 바로 잡아 더 좋은 아이디어와 함께 해야 합니다.

반면 펜을 이상하게 잡는대도 성공적인 삶을 산다면?

—

펜을 바로 잡아야 성공적인 삶을 살 수 있다고 얘기하고 있습니다. 하지만 이 글을 읽은 누군가는 이의를 제기할 수도 있습니다. '저희 회사 팀장은 펜을 바로 잡지 않는데도 성공적인 삶을 살고 있습니다.' 이러한 의문이 있을 수 있습니다.

펜을 바로 잡지 않아도 꽤 성공적인 삶을 살고 있는 사람들도 있습니다. 그런 분들은 먼저 타고난 재능이 있습니다. 목소리, 감각, 신체 능력, 두뇌,

외모 등 타고난 재능이 있기에 펜을 바로 잡지 않아도 어느 정도 성공적인 위치에 오르게 됩니다. 하지만 자세와 방법이 나쁘면 성공적인 삶은 오래 가지 않습니다. 무언가 한 가지에 틈이 생기게 되고, 또한 그런 틈을 채우지 못해 지속적인 성공적 삶에서는 멀어지게 되어 있습니다. 전성기를 화려하게 보내도, 그 후 생활이 화려하지 않을 수가 있습니다. 그래서 타고난 재능을 가진 사람들도 펜을 바로 잡는 기본기가 갖춰져야 오래오래 성공적인 삶을 살 수 있습니다.

이 글을 읽는 독자 분께서는 펜을 바로 잡지 않고 있다면 바로 잡으시고, 주변에 타고난 재능으로 멋진 삶을 살고 있는 분이 있더라도 그 사람 펜 잡는 모습을 바라보시고 판단하십시오. 펜을 바로 잡고 있다면 그 분 타고난 재능으로 멋진 삶을 살고 있음이 아니라, 노력과 좋은 습관으로 이룬 삶이고, 펜을 바로 잡지 않고 있다면 타고난 재능이 멋진 삶으로 오래 가지 못합니다.

젓가락질과 비교

—

펜을 바로 잡아야 성공적인 삶을 살 수 있다고 얘기하고 있습니다. 바로 잡아야 좋은 자세는 젓가락질도 있습니다. 그래서 젓가락질과 비교를 해보겠습니다. 펜을 바로 잡아야 성공적인 삶을 살 수 있다면, 젓가락질은 왜 바로 해야 성공적인 삶을 살 수 있다고는 하지 않을까요?

일반적으로 젓가락질을 잘 못하는 사람을 쉽게 찾기는 쉽지 않습니다. 10명 중 1명 볼 수 있을지 모르겠습니다. 그만큼 젓가락질은 일반 사람들이 대부분 잘 하고 있습니다. 물론 젓가락질도 기본적인 생활 습관이기 때문에 바르게 잡지 않으면 일상생활 사고방식에 문제가 생기리라 봅니다. 하지만 젓가락질은 음식을 편히 집어 먹기 위함이고, 하루에도 3번씩 식사를 하며 서로에게 모습을 보여주기 때문에 대부분 바르게 합니다.

하지만 펜 잡는 자세는 젓가락질과 다릅니다. 펜은 정말 다양하게 잡을 수 있고, 손가락에서 펜 위치 범위도 넓습니다. 젓가락은 2개이지만 펜은 하나입니다. 그래서 디 다양하고 아무렇게나 잡을 수 있습니다. 그리고 누군가에게 눈에 띄는 시간은 적습니다. 그래서 펜을 바로 잡는 자세는 젓가락질과는 비교할 수 없고, 이 사소한 행위가 우리들 삶에서 차이점을 만들게 됩니다.

그리고 젓가락질은 단순히 음식을 먹기 위한 도구입니다. 반면에 펜은 무언가를 창작하고 이루어내는 도구입니다. 그렇기 때문에 자세가 영향을 주고, 성공적인 삶과도 관련이 있습니다.

더 나은 삶이란?

—

펜을 바로 잡으면 더 나은 삶을 살 수 있다고 했는데, 더 나은 삶이란 어떤 삶들인지 얘기해보겠습니다.

더 나은 삶이란 현재보다 더 나아진 삶입니다. 결혼을 안 했다면 결혼을 하고, 취직을 못했다면 취직을 하고, 승진을 못했다면 승진을 하고, 패션이 별로였다면 패션이 나아지고, 밖에서 잘 놀지 못했다면 밖에서 잘 놀고, 돈을 잘 벌지 못했다면 돈을 잘 벌게 됩니다. 이렇게 현재보다 더 나아진 삶을 사는 인생입니다. 펜을 바로 잡는 생활 습관만으로 가능하게 됩니다. 이 변화는 빠르게 찾아오게 됩니다. 자신감이 생기고, 냉정함과 차분함이 생기고, 단호함과 결단력이 생기게 되고, 끝맺음을 확실히 잘 하게 됩니다. 그리고 더 나은 삶을 위해 또 다른 노력을 하게 됩니다. 예전처럼 현재에 비관적이고 나태하게 살지 않습니다.

우리는 매일매일 더 나은 삶을 꿈꾸고 생각합니다. 그리고 그러한 삶을 위한 좋은 아이디어가 떠오르기를 바라기도 합니다. 현재 펜을 바로 잡지 않는 사람에게는 더 나은 삶을 위한 좋은 아이디어와 기회들이 펜을 바로 잡는 사소한 습관 변화로 현실이 됩니다.

더 나은 삶으로

—

펜을 바로 잡기 시작하면서, 무엇이든 잘 해낼 수 있다는 자신감과 함께 더 나은 삶을 위한 노력도 함께합니다. 펜을 바로 잡기 전에는 현실 삶을 살아가기에 급급했지만, 펜을 바로 잡은 후에는 현실 삶을 잘 살아가면서 더 나은 미래를 위해 준비하게 됩니다. 준비라고 해서 대단한 무언가가 아닙니다. 교양을 위한 독서, 건강을 위한 운동, 세상 흐름을 알기 위한 신문 읽기, 또 다른 좋은 아이디어를 위한 미술, 음악에 대한 관심 등 사소한 일상에서도 조금씩 작은 변화를 통해 더 나은 삶으로 가게 됩니다.

계속해서 시도하고, 도전하고, 호기심을 가져 봅니다. 그러한 행동들이 펜을 바로 잡는 사람에게는 하나하나가 의미가 있고, 결과물이 됩니다. 펜을 바로 잡지 않는 사람들에게는 단순한 행위가 되고, 경험으로만 남습니다.

펜을 바로 잡는 단순 습관 변화로 더 나은 삶으로 나아갈 수 있습니다.

괜한 내 생각일까?

—

이 글을 읽는 사람들 중 일부는 제 의견에 공감하지 않을 수도 있습니다. '펜을 바로 잡는다고 어떻게 생활이 더 나아져? 공부 잘하고, 좋은 인맥 만나고, 집에 돈이 많으면 모를까' 이렇게 생각 하는 사람들이 분명 있을 수 있습니다. 그리고 어떤 사람은 이 글을 쓴 저에게 참 웃긴 생각을 하는구나. 라고 공감하지 않을 수도 있습니다. 분명 이건 제 생각이고 제 관찰입니다. 아직 아무도 이러한 내용에 대한 글을 쓰지 않았습니다. 그래서 최초로 언급된 내용입니다. 그렇기 때문에 이러한 새로운 내용이 누군가 에게는 쉽게 공감이 안 될 수 있습니다.

하지만 이 작은 발견을 제가 느끼고 경험하면서, 동생과 아내에게 알려주고 펜을 바로 잡게 했습니다. 그리고 동생과 아내도 서서히 변화를 느끼고 있고, 제가 보기에는 변화가 눈에 띄게 나타나고 있습니다. 그리고 펜을 바로 잡는 자세가 옳다는 느낌도 몸으로 느끼면서 이미 습관화 하였습니다. 그리고 이 글을 읽은 독자들 중 누군가 변화를 시도하고 더 나아진 삶을 경험한다면 제 생각과 경험, 관찰에서 이젠 많은 사람들 생각과 경험이 됩니다.

몸은 덜 고생, 머리를 사용한다

—

펜을 바로 잡으면 머리를 먼저 사용하기 때문에, 몸이 덜 고생합니다. 일단 해야 할 일이 생기면 펜을 바로 잡지 않은 사람은 몸부터 움직입니다. 그러다가 머리가 깨닫습니다.

그러나 펜을 바로 잡은 사람은 머리부터 생각합니다. 일에서 순서, 예상 방향, 깨달음을 느끼고 몸이 움직입니다. 그렇기 때문에 펜을 바로 잡은 사람은 일 처리가 더 확실하고 투명하고 객관적으로도 훌륭합니다.

그 이유는 계속해서 얘기하지만, 펜을 바로 잡는 바른 자세에 대한 작은 습관화가 무엇이든지 바르게 행동하고 생각하게 하기 때문입니다. 그래서 일을 하기 전에도 바르고 올바른 방향으로 먼저 생각을 하고 행동합니다. 머리가 나쁘면 몸이 고생한다는 말이 있는데, 펜을 바로 잡지 않으면 몸이 고생한다는 말도 됩니다.

또한 조직에서 위치에서도 확연히 드러납니다. 큰 조직 또는 사회에서 높은 위치로 갈수록 펜을 바로 잡습니다. 주로 몸을 사용하는 가장 하위에 위치한 사람들은 펜을 바로 잡지 않고, 머리를 주로 사용하는 상위 층 사람들은 펜을 바로 잡습니다.

펜 바로 잡는 사람들끼리 서로 영향 관계

—

펜을 바로 잡는 사람이 그게 아닌 사람과 함께하면 펜을 바로 잡는 사람만 발전 하지만, 펜을 바로 잡는 사람끼리 함께하면 서로에게 좋은 친구가 되고 긍정적인 영향을 끼칩니다.

예를 들어서 지방 한 대학교에서 펜을 바로 잡는 한 사람이 나머지 대다수 그렇지 않은 사람들 사이에서 경쟁 우위를 가지며 고독하게 발전하고, 서울 유명 대학교에서 펜을 바로 잡는 모든 학생들이 긍정적인 경쟁을 벌이며 서로 발전합니다. 결국 모두가 성공하는 그러한 상황으로 비유할 수 있습니다.

이 내용을 저만 알고 있지 않고, 이렇게 책으로 공유하는 이유도 사실 펜을 바로 잡는 사람들끼리 긍정적인 영향이 있기 때문입니다. 이 책으로 많

은 사람들이 펜을 바로 잡으면서 서로에게 좋은 영향을 준다면, 우리나라
는 더 큰 발전이 예상되고, 개개인에게도 더욱 큰 발전이 있을 수 있습니다.
선의 경쟁이자, 서로에게 득이 되는 긍정적인 경쟁이 됩니다.

펜을 바로 잡는 사람들 간 경쟁에서는 추가적인 자기계발 요소가 경쟁
우위를 가져옵니다. 독서, 인맥, 교육, 환경적인 요소 등이 추가적인 경쟁우
위 요소입니다.

절대 법칙일까, 꼭 그렇지는 않을까

—

펜을 바로 잡으면 더 나은 삶을 살 수 있다는 사실은 절대 법칙일까요,
아니면 한 가지 선택 사항일까요.

제 답변은 절대 법칙입니다. 여러 분야 최상의 5명과 최하위 5명을 살펴
보십시오. 이 분야는 회사일 수도 있고, 운동선수일 수도 있고, 예술가일 수
도 있습니다. 기자일 수도 있고, 출판사일 수도 있습니다. 각 분야 최상의
지위 분들과 최하위 지위 분들을 관찰해보면 절대 법칙이라고 알 수 있습
니다. 상위 층 분들은 모두 펜을 바로 잡는 공통점이 있습니다. 절대 법칙이
자 기본이기 때문에 꼭 독자님들은 본인 펜 잡는 방법을 살펴보시고 작은
변화를 시도해 보시기 바랍니다. 그리고 주변을 둘러보며 다시 한번 이 사
실을 재확인 할 수 있습니다.

어디까지 성공할 수 있을까

—

펜을 바로 잡으면 더 나은 삶을 살 수 있고, 성공적인 삶을 살 수 있다고 하는데 어디까지 성공할 수 있을까요? 개개인마다 성공 범위가 다르고, 한 가지 성공을 얻으면 또 다른 성공을 얻고 싶은 심리가 사람 마음이기 때문에 '어디까지 성공할 수 있는가'는 가슴 설레는 얘기입니다. 제 답변은 평균 이상 만족스러운 삶을 살 수 있다고 말하고 싶습니다. 펜을 바로 잡는 사람들은 보편적으로 평균 이상 삶을 살고 있습니다. 대부분 단란한 가족을 이루고 있고, 안정적인 경제 수입도 있습니다. 하나 이상 취미생활도 있고, 남 부럽지 않게 살아갑니다.

그 이상은 각자 노력이 필요합니다. 펜을 바로 잡는 공통점이 있으면 그 외에 추가로 자기계발을 하고 아이디어 및 실행이 있어야 합니다. 그래서 펜을 바로 잡을 때 성공 범위는 기본적으로 평균 이상 삶을 보장한다고 얘기할 수 있습니다. 평균 이상 삶을 살기 위해서는 펜을 바로 잡는 습관이 필수적입니다.

펜을 바로 잡는 사람들

—

제가 보아온 펜을 바로 잡는 사람들에 대해 얘기해보겠습니다. 제가 펜을 바로 잡는 자세에 대해 알게 되고, 습관으로 하게 되면서 만나는 사람들마다 펜을 잡을 때 유심히 보게 됩니다. 어떤 사람들이 펜을 바로 잡을까요? 제가 관찰해온 사람들을 열거해보겠습니다.

팀장, 부장, 유명 연예인, 유명 운동선수, 정치인, 의사, 선생님, 명문대 출신 직장인, 높은 위치에 진급한 직장인 등이 있습니다. 물론 제 생활 영역이 다양하지 못해 그 왜 추가적으로 더 많은 분야와 위치 사람들이 있을 수 있습니다.

공통적으로 펜을 바로 잡는 사람들이 높은 사회적 위치에 있고, 만족스러운 삶을 살고 있습니다.

어느 분야에서든 능력과 존재감을 인정받고, 당당하고 행복해 보입니다.

펜을 바로 잡지 않는 사람들

—

이번에는 펜을 바로 잡지 않는 사람들에 대해 얘기해보겠습니다. 제가 보아온 펜을 바로 잡지 않는 사람들에 대해 열거해보겠습니다.

방황하다 이직한 직장 동기, 그냥 놀기만 좋아하는 어린 학생, 하루 벌어 하루 먹고 사는 일용직 노동자, 수익이 적은 계약직 직원 등이 있습니다. 제 생활 영역이 다양하지 못해 더 많은 분야 사람들을 열거하지 못했습니다.

생활하는데 수입이 충분하지 못하거나, 아직 미래에 대한 걱정이 없는 어린 학생, 직장에 적응하지 못하고 방황하는 어린 직장인 등 삶에 뚜렷한 자기중심과 성과가 없는 사람들이 주로 펜을 바로 잡지 않습니다.

펜을 바로 잡지 않는 사람들은 공통적으로 사회적으로나 개인적으로나 행복하지 않고, 삶이 만족스럽지 않습니다. 겉으로는 행복해 보이더라도 결코 그렇지 않습니다.

제6장
펜 바로 잡기와 성향

펜을 바로 잡는 사람들은 그렇지 않은 사람들과 다르게 좋은 성향 모습이 보입니다. 좀 더 높은 사회적 위치와 만족스러운 생활, 인맥, 다양한 기회들을 갖게 하는 펜을 바로 잡는 습관을 가진 사람들에게는 어떠한 성향이 나타날까요? 펜을 바로 잡는 사람들에게서 나타나는 보편적인 성향을 보겠습니다.

철두철미

—

펜을 바로 잡는 사람은 철두철미합니다. 특히 본인 일상과 일에 대해서는 더욱 그렇습니다. 본인 방법을 고집하지 않고, 더 좋은 방법이 있으면 귀를 기울여 보완합니다. 그래서 본인 방법으로 만듭니다. 그리고 본인 방법에 맞게 진행 되게끔 하나하나 확인하며 마무리 합니다. 이 또한 펜을 바로 잡는 자세에서 나오는 올바른 사고방식과 관련 있다고 보면 됩니다.

개개인 차이는 있습니다. 성격과 환경에 의한 차이입니다. 더 철두철미하거나 덜 철두철미 하는 차이이지만, 펜을 바로 잡지 않는 사람들보다는 더욱 철두철미하여 일이나 다른 행위에서 성과를 나타냅니다.

똑 부러지게

—

펜을 바로 잡는 사람들은 무엇이든 똑 부러지게 합니다. 인간관계에서든, 일에서든, 무언가를 결정할 때이든, 처음 하는 어떠한 행위에서든 언제나 똑 부러지게 하려고 합니다. 펜을 바로 잡는 자세가 바탕이 되기 때문에 무엇이든 바르고 올바르게 합니다. 그렇게 행하는 행동에 자부심과 자신감을 갖습니다. 좋은 평가도 덩달아 따라옵니다.

이 또한 개개인 차이는 있습니다. 성격이나 환경 차이로 누군가는 더욱 완벽히 처리하고, 누군가는 꼼꼼하고 자세하게 처리하지는 않을 수 있습니다. 하지만 펜을 바로 잡지 않는 사람들 보다는 결과물이 똑 부러지게 좋습니다.

감정 보다는 이성

—

펜을 바로 잡는 사람들은 감정적이기 보다는 이성적인 모습을 보입니다. 물론 그렇다고 감정적인 부분이 취약하다는 점은 아닙니다. 감정적인 부분도 개인차에 따라 잘 발달 되어 있겠지만, 펜을 바로 잡지 않는 사람들보다 이성적으로 판단하고 생각하는 부분이 더 많습니다. 그 이유는 펜을 바로 잡는 자세에서 나오는 올바르고 객관적인 생각이 바탕이 되기 때문입니다.

펜을 바로 잡는 자세에서 나오는 이성적인 모습에 대해 좀 더 자세히 알아보겠습니다. 좋은 분위기에서는 무엇이든 좋게 넘어가는 경향이 있습니다. 펜을 바로 잡지 않는 사람들은 좋은 분위기 속에서 이성적으로 제대로 확인하지 않고 감정적으로 대응하다가 후에 자신에게 손해로 돌아오기도 합니다. 펜을 바로 잡는 사람들은 그런 경우가 보다 적습니다. 좋은 분위기 속에서도 이성적으로 옳고 그름을 판단하여 결코 자신에게 손해로 돌아오지 않게 처리합니다. 맺고 끊음이 더욱 확실한 점입니다.

논리적

—

펜을 바로 잡는 사람들은 논리적입니다. 단지 감정적이고 자신 개인적인 견해로 대화하고 생각함이 아니라, 누구에게나 얘기하고 이해시킬 수 있는 논리적인 생각을 하려고 합니다. 누군가와 대화에서 자신 논리보다 더 뛰어난 논리를 접하면 그에 대해 인정하고 받아들이기도 합니다. 보다 감정적인 부분을 최소화 합니다. 이러한 논리적인 사고방식이 일, 취미 생활, 사생활에도 도움이 됩니다. 그리고 자신에 대한 자신감을 갖게 하기노 합니다.

논리적으로 생각하고 대화하는 펜을 바로 잡는 사람들은 부부 관계 또는 가족 관계, 그리고 주변 사람들과 관계도 더욱 좋습니다. 논리적으로 얘기하기 때문에 누구나 수긍할 수 있는 대화를 하기 때문에 관계가 확실합니다.

합리적

—

펜을 바로 잡는 사람들은 합리적입니다. 자신 생각과 의견만 고집하지 않습니다. 상대 혹은 상황과 환경도 생각해보고 판단과 소통을 합니다. 때로는 합리적으로 보이지 않을 수 있습니다. 하지만 나름 합리적으로 생각하고 판단함이 개개인 상황과 입장에 따라 합리적으로 보이지 않을 수 있습니다. 펜을 바로 잡는 사람들은 기본적으로 합리적으로 생각하려 합니다. 올바른 자세와 사고방식이 바탕이 되기 때문입니다.

이러한 합리적인 사고방식이 삶에 도움이 많이 됩니다. 삶을 사회적으로나 개인적으로나 만족할 수 있고 인정받을 수 있도록 합니다. 그리고 펜을 바로 잡는 사람들은 자신 합리적인 성향을 잘 이해합니다. 결코 펜을 바로 잡지 않는 사람들에게는 합리적인 성향이 없을 수 있습니다.

보편적

—

펜을 바로 잡는 사람들은 보편적인 상식들을 바탕으로 행동합니다. 때로는 특이하고 개성이 뚜렷할 수 있습니다. 그 또한 일부 특징적인 모습일 뿐이고, 다른 기본적인 생각과 행동들은 보편적인 상식을 벗어나지 않습니다. 오히려 펜을 바로 잡지 않는 사람들보다 기본적인 상식과 행위를 갖춘 모습을 보입니다. 이 또한 바른 자세에서 나오는 올바른 사고방식에서 비롯됩니다.

보편적인 상식과 행동들은 관계, 투자, 교육, 학습, 일, 행사 등에서 적절히 나타납니다. 바른 자세에서 나오는 옳은 사고방식이 보편적인 상식과 행동들을 낳습니다. 펜을 바로 잡지 않는 사람들은 이러한 일들에서 보다 좁은 사고방식으로 대응합니다.

관심사에 몰입한다

—

펜을 바로 잡는 사람들은 관심사가 생기면 깊이 몰입합니다. 물론 펜을 바로 잡지 않는 사람 중에도 관심사에 깊이 몰입하는 사람들이 있습니다. 하지만 펜을 바로 잡는 사람과 그렇지 않은 사람은 관심사에 대한 몰입에서 결과가 다르게 나타납니다. 펜을 바로 잡는 사람은 관심사에 대한 접근 방식이 단계적이고 체계적으로 접근하려고 합니다. 그래서 기초부터 제대로 관심사에 대한 공부를 합니다. 펜을 바로 잡지 않는 사람은 관심사에 대해 겉핥기식으로 접근합니다. 기초보다는 수준 높은 단계에 마음이 급하여 결국 제대로 접근하지 못합니다. 그렇기 때문에 펜을 바로 잡는 사람과는 다르게 빠른 포기가 있고, 관심사에 대한 전문적인 지식도 부족하게 됩니다.

이처럼 펜을 바로 잡는 사소한 습관에서 관심사에 대한 접근법도 올바르게 형성됩니다. 그리고 관심사에 몰입하며 자신과 가까운 취미로 함께 합니다.

관심사에 대한 단계적 공부

—

펜을 바로 잡는 사람들은 관심사에 대해 단계적으로 접근합니다. 예를 들어 자격증 공부에 대한 관심입니다. 펜을 바로 잡지 않는 사람은 자격증 공부에 대한 관심으로 급히 가장 유명하다는 책을 구입합니다. 그리고 그 책을 열심히 공부합니다. 중간 중간 마음이 느슨해져 포기도 했다가 다시 시작도 하고는 합니다. 유명하다는 책 한 권을 모두 끝마친 후 기출 문제에 접근합니다. 기출 문제를 풀어보며 많이 틀리기도 하고, 맞추기도 합니다. 기출 문제를 다 풀어보고 또 요약 책을 구입하여 열심히 공부합니다. 펜을 바로 잡지 않는 사람에게 공부는 자신과 싸움이기도 하지만 결국 시간과 싸움입니다. 무작정 열심히 공부만 합니다. 가끔씩 이렇게 살면 안 된다는 자괴감도 들지만, 그래도 훗날 목표 달성한 자신 미래를 그려보며 열심히 공부합니다. 요약 집을 반복해서 보며 문제지도 구입하여 또 반복해서 풀어봅니다. 공부하는 시간이 자신이 느끼기엔 엄청나게 많아 보입니다. 하루 종일 공부만 하는 자신처럼 느껴집니다.

이번엔 펜을 바로 잡는 사람이 자격증 공부에 관심을 둡니다. 먼저 유명하다는 기초서는 구입합니다. 기초서를 보며 대략적인 윤곽을 잡습니다. 그러면서 책에서 표시해주는 커리큘럼을 유심히 봅니다. 그리고 커리큘럼대로 하면 '좋은 결과가 있다'라는 희망을 가져봅니다. 가끔씩 온라인 카페에서 공부하는 사람들 정보도 눈여겨봅니다.

기초를 다 보고 책 커리큘럼대로 기본서는 구입해봅니다. 기본서는 기초서 다음 단계인 심화로서 더욱 자세히 나와 있어 몰랐던 공부가 됩니다. 펜을 바로 잡는 사람은 공부도 자신감 있고 당당하게 합니다. 하루종일 공부만 하지 않고, 틈틈이 시간을 내서 계획적이고 습관적으로 공부를 합니다.

기본서는 다보고 커리큘럼대로 문제지를 풀고, 기출문제와 요약 집을 봅니다. 공부를 하면서 지치기 보다는 만족감과 함께 진정한 공부를 하는 듯한 모습입니다. 당장 결과에만 관심이 있지 않습니다. 장기적으로 바라보며 진정한 공부를 합니다.

더 깊이 몰입한다

—

펜을 바로 잡는 사람은 그렇지 않은 사람보다 관심사에 더 깊이 몰입합니다. 게다가 더 넓게 지식을 쌓아가기도 합니다. 펜을 바로 잡는 사람은 바른 자세에서 나오는 바른 생각으로 관심사에 접근할 때에도 바른 방법으로 접근하기 때문입니다.

펜을 바로 잡지 않는 사람은 관심사에 접근할 때 단순히 더 많은 시간을 들여 접근하는 방식입니다. 하지만 펜을 바로 잡는 사람은 관심사에 대한 접근도 단계적이며 포괄적입니다.

게다가 관심사에 대한 자료를 찾아보는 깊이도 다릅니다. 펜을 바로 잡지 않는 사람은 평소 자세가 바르지 않기 때문에 관심사에 대한 접근도 가장 보편적으로 나타나는 인터넷을 통한 정보입니다. 반면에 펜을 바로 잡는 사람에게 관심사에 대한 접근 방법은 인터넷을 비롯한 동호회, 카페, 블로그, 독서 등 다양하고 깊이 있는 정보를 얻습니다.

기회가 오면 붙잡는다

—

펜을 바로 잡는 사람은 기회가 오면 잘 포착하여 기회를 잡는 힘이 있습니다. 평소 바른 사소한 자세에서 나오는 바른 마음가짐으로 항상 준비를 잘 해놓기 때문입니다. 자신이 원하는 목표를 획득하기 위한 방법에 대해 사전에 파악하고 있기 때문에 그에 대한 준비를 평소에 하게 됩니다. 그러다 기회가 생기면 당연히 기회를 붙잡을 수 있습니다.

반면에 펜을 바로 잡지 않는 사람은 평소 기회를 잡을 준비도 하지 않고, 기회가 오더라도 붙잡기 위한 노력이 부족합니다. 이 또한 평소 사소한 습관이 잘 형성되어 있지 않기 때문에 올바른 판단과 준비가 되지 않기 때문입니다.

저자로서 이러한 주장을 하는 제 자신이 기회를 붙잡은 사례들을 살펴보겠습니다. 저 또한 펜을 바로 잡지 않았던 시절이 있었고, 펜을 바로 잡으며 큰 변화를 느꼈습니다. 그러면서 다양한 기회들을 포착했고, 기회들을 붙잡을 수도 있었습니다. 삶의 변화는 기회를 붙잡느냐 못 잡느냐로 나타납니다. 준비하는 자에게 새로운 기회가 오고, 그 기회를 붙잡으면 삶에 변화가 옵니다. 제 사례를 살펴보겠습니다.

블로그 포스팅 알바

—

최근 제 사례입니다. 블로그는 대학생 시절에 같이 봉사활동 하던 아는 형이 하는 포스팅을 보고 호기심으로 저도 만들어서 활동을 했습니다. 그후로 하다가 안하다가를 반복하다가 또 최근에 out put에 대한 관심으로 열심히 활동을 했었습니다. 물론 활동에 비해 조회 수나 피드백은 기대만큼 많지 않았습니다. 하지만 꾸준히 했고, 제 자신도 습관이 되어 즐기면서 하였습니다.

어느 날부터 문자와 블로그 안부 글이 옵니다. 포스팅 알바에 대한 내용입니다. 요청하는 포스팅 글을 써주면 그에 따르는 금액을 줍니다. 돈에 관심이 많은 저는 혹시나 해볼까 생각하며 아내에게 의견을 물었습니다. 아내는 분명 사기라며 만류하였습니다. 돈을 그렇게 쉽게 벌수 있겠느냐였습니다. 그렇게 몇 개월 동안 거절하며 제가 만족하는 블로그 활동만 했습니다.

하지만 포스팅 알바에 대한 문자와 안부 글을 계속해서 받고, 이웃들 포스팅 알바를 보면서 이게 사기가 아니고, 어쩌면 새로운 기회일수 있다는 생각이 들었습니다. 요즘은 4차 산업학명으로 세상이 많이 바뀌었기 때문입니다. IT 기업들이 예전부터 강한 기업으로 묘사된 제조업 회사들보다 매출과 이익이 높다는 사실을 최근에야 알고는 놀라기도 했습니다. 그래서 마침 연락 온 마케팅 업체와 포스팅 알바에 대해 긍정적으로 검토해 보기로 하고, 아내에게도 사실을 알려주며 조율을 하였습니다.

그 후 결론적으로 아주 쉽게 용돈이 늘었습니다. 요즘 4차 산업혁명 시대는 예전 같은 구시대적 발상으로 생각하고 기회를 날리면 안 되었습니다. 아내 또한 제가 용돈을 버는 모습을 보고 포스팅 알바에 대해 아주 긍정적으로 바뀌었습니다.

이처럼 펜을 바로 잡는 사람이 모두 그렇지는 않고, 각자 자기계발에 따라 다르겠지만 보편적으로 새로운 기회를 붙잡을 수 있습니다. 올바른 생각과 습관으로 현재 사회가 어떻게 돌아가는지 인식하면 새로운 기회는 새롭게 자신에게 다가옵니다.

연애

—

연애도 기회가 왔을 때 잡아야 할 수 있습니다. 또한 기회를 잡기 위해 평소에 준비를 해두어야 합니다. 평소 준비를 한 사람은 기회가 왔을 때 잡을 수 있고, 그 기회를 지속적으로 유지할 수 있습니다. 펜을 바로 잡는 사람이 위와 같은 사람입니다. 평소 기회를 잡기 위해 꾸준히 좋은 습관을 지니고,

기회를 잡았을 때 계속해서 좋은 상황을 이어갑니다.

저 또한 연애를 하지 않을 때 좋은 연애 상대가 되기 위해 평소 준비를 했습니다. 운동을 꾸준히 하여 건강한 제 자신을 만들기 위해 노력했고, 독서도 계속하며 지적이고 지혜로운 사람이 되려고 하였습니다. 또한 좋은 이성을 만나기 위해 활동 범위도 좋은 이성을 만날 수 있는 장소들로 활동하였습니다. 그러면서 좋은 이성을 만났을 때 상황을 상상하며 어떤 노력을 할지, 그리고 내가 생각하는 좋은 이성은 기본적으로 어떤 조건들을 갖고 있어야 하는지, 평소에도 계속해서 생각하고 판단했습니다. 그러다보니 좋은 이성이 나타났을 때 알아볼 수 있었고, 이성에게도 좋은 연애 상대가 될 수 있도록 좋은 모습을 보일 수 있었습니다.

펜을 바로 잡는 사람은 기회가 왔을 때 잡을 확률이 높습니다. 평소 기회가 왔을 때 잡을 수 있도록 바른 습관과 마음가짐으로 준비를 합니다. 연애도 마찬가지로 좋은 기회가 왔을 때 잡아야 하며, 펜을 바로 잡는 사람에게는 연애도 좋은 기회로 잘 잡을 확률이 높습니다.

결혼과 출산

—

펜을 바로 잡는 사람은 결혼과 출산에서도 기회를 잡을 확률이 높습니다. 평소 바른 자세에서 비롯한 바른 마음가짐과 올바른 가치관으로 결혼할 시기가 다가오면 그 기회를 잡습니다. 미래에 대한 두려움이나, 책임감에 대한 회피도 펜을 바로 잡는 사람에게는 해당사항이 아닙니다. 오히려 미래에 대한 기대와 책임감에 대한 설렘이 가득합니다.

출산 또한 마찬가지입니다. 요즘은 저출산 시대이지만 펜을 바로 잡는 사람들은 이러한 사회현상과는 관련이 적을 확률이 높습니다. 평소 바른 자세에서 나오는 올바른 가치관과 바른 마음가짐으로는 당연히 2세에 대한 기대와 설렘이 가득하기 때문입니다.

이처럼 펜을 바로 잡는 사람들은 바른 생각이 보편적이기 때문에 사회적으로 당연히 거쳐야할 시기들을 지혜롭고 올바르게 살아갑니다.

이 또한 기회가 왔을 때 잡을 수 있는 펜 바로 잡는 사람들 주된 공통점입니다.

부동산 매매

—

펜을 바로 잡는 사람들은 부동산 매매에서는 어떤 행위들을 할까요? 부동산 매매 또한 기회가 왔을 때 잡느냐 못 잡느냐로 만족이 달라집니다.

보편적으로 펜을 바로 잡는 사람들은 부동산 매매도 만족스럽게 잘합니다. 사회 현상에 밀려 두려움으로 확신이 없이 부동산 매매를 하는 펜을 바로 잡지 않는 사람들과 다르게 확신과 준비, 그리고 타이밍을 생각해서 올바르고 지혜롭게 부동산 매매를 합니다.

제 사례를 들어봅니다. 저 또한 18평에서 전세로 신혼 생활을 하다가 계약이 끝나서 더 넓은 집으로 가기 위해 24평 전세를 알아보았습니다. 여기저기 발품을 열심히 팔아보며 비교해봅니다. 아파트 2층 24평 전세가 나왔습니다. 우리 부부는 집을 보러갔고, 마음에 들었습니다. 하지만 덜컥 계약을 하지는 않았습니다. 조금 더 검토하고 비교해보기 위함이었습니다. 그러다가 2층 전세를 다른 사람이 계약했습니다. 마음에 들었던 아파트 2층 전세가 그렇게 날아갔습니다. 어떻게 보면 망설이다 놓친 격이었지만, 곧바로 다른 전세를 보러갔습니다. 다른 전세는 19층이었는데 구조 변경도 잘 되어있고, 더 괜찮았습니다. 덜컥 2층 전세를 계약했으면 놓쳤을 좋은 집이었습니다. 게다가 몇푼 더 주면 매매로도 가능하다 하였습니다. 마침 전셋집 단점들을 몸소 겪은바 있어, 매매도 원했지만 갖고 있는 금전이 부족하여 바라볼 수 밖에 없는 그림으로 여겨졌던 매매가 이렇게 제 손 안에 왔습니다. 물론 높은 가격도 아니고, 오래된 아파트였지만 그렇게 내 집 마련을 소소하게 한 경험입니다.

제 사례 뿐 아니라 제 직장 선배도 펜을 바로 잡는 사람인데, 부동산 매매로 여러 가지 이익과 만족을 얻은 모습을 보았습니다.

이처럼 펜을 바로 잡는 사람은 바른 생각과 가치관으로 부동산 매매에서도 더 좋은 성과와 만족을 얻습니다.

출판의 기회를 잡을 수 있다

—

펜을 바로 잡는 사람은 도서 출판 기회도 잡을 수 있습니다. 물론 도서 출판에 대한 관심이 없는 사람은 예외입니다. 하지만 도서 출판에 대한 관심이 있는 사람들 중 펜을 바로 잡는 사람에게는 가능한 일입니다.

먼저 펜을 바로 잡는 사람이 도서 출판에 관심이 있으면 독서를 많이 하게 됩니다. 독서를 하며 어떤 책을 출판할지 관심사를 찾아봅니다. 그리고 도서 출판에 대한 방법들을 찾아봅니다. 도서 출판에 대한 방법을 찾았으면 도서 출판 내용물 구성을 어떻게 할지 준비합니다. 내용물 구성을 하면 이젠 이 내용물 출판을 도와줄 출판사를 찾아 나섭니다.

이처럼 펜을 바로 잡는 사람들은 도서 출판 관심을 꼭 성취하기 위해 기회를 찾습니다. 그러면서 준비를 하고, 기회가 왔을 때 계속되는 시도로 잡게 됩니다. 그리고 자신 경력과 작품이 하나 추가 됩니다.

기회를 잡기 위한 준비

—

펜을 바로 잡는 사람들은 기회를 잡기 위해 평소에 준비를 합니다. 본인 특별한 취미 생활을 꾸준히 하기도 하고, 자기 계발을 위한 독서나 공부를 하기도 합니다. 운동을 하기도 하고, 여러 경험을 위한 활동적인 모임에도 참석합니다.

자신을 둘러싼 사회와 저절로 흘러가는 시간에 의해 살아가지 않고, 자신이 원하는 방향으로 살기 위한 바른 생각과 고민을 합니다. 그래서 새로운 시도들을 계속해서 해보고, 자기만족은 물론 계속되는 발전도 함께 합니다. 그러다 새로운 기회가 왔을 때 그 기회를 붙잡고, 새로운 삶을 살게 됩니다.

꾸준한 독서

—

펜을 바로 잡는 사람들 중 기회를 잡기 위한 평소 준비로 꾸준한 독서가 있습니다. 물론 펜을 바로 잡는 사람들이 모두 독서를 좋아하지는 않습니다. 하지만 펜을 바로 잡는 사람들 중 더 나은 삶과 더 높은 사회적 위치에 있는 사람들은 모두 독서를 합니다.

꾸준한 독서는 자신 생각과 지식에 많은 영향을 미칩니다. 새로운 책 1권을 완독하면 새로운 생각이 하나 추가 됩니다. 이렇게 꾸준한 독서로 생각을 넓히다보면 세상에서 새로운 기회들이 하나 둘 눈에 늘어오기 시작합니다. 자신과 전혀 상관없었던 일들이 내 관심사가 되기도 하고, 새로운 도전을 하기도 합니다.

또한 평소 일상에서 만나는 일들도 다르게 생각하여 새롭게 받아들여지기도 합니다. 꾸준한 독서는 내 생각을 계속해서 바꾸게 하고, 지식은 계속해서 늘어납니다. 그러다보니 지혜도 계속해서 생기고, 새로운 기회들도 눈에 띄게 증가하게 됩니다.

건강관리

—

펜을 바로 잡는 사람들 중 많은 사람들이 건강에 대한 관심이 있습니다. 새로운 기회를 잡으려면 건강해야 합니다. 더 건강한 사람이 더 좋은 기회를 잡을 수 있습니다.

건강관리를 위해 좋아하는 스포츠 활동을 하기도 하고, 산책을 즐기기도 합니다. 또한 식생활에서도 더 좋은 정보를 바탕으로 관리를 합니다. 그래서 펜을 바로 잡는 사람들은 겉모습에서도 더 건강한 모습을 보이고, 생기가 있습니다. 그래서 새로운 기회를 얻을 가능성도 더 높습니다.

공부에 대한 관심

—

펜을 바로 잡는 사람들 중 많은 사람들이 공부에 대한 관심도 많습니다. 공부라고 해서 꼭 책상 앞에 앉아서 밤새도록 하는 공부는 아니고, 새로운 분야에 대한 관심으로 시작하는 탐구입니다.

이러한 사람들은 한창 공부만 하는 학생 시절이 아니더라도 꾸준히 새로운 분야에 대한 탐구를 관심으로 하고 있습니다. 이 또한 새로운 기회를 포착하여 붙잡기 위함입니다. 이렇게 새로운 분야에 대한 공부로 더 발전하는 미래를 꿈꿉니다. 그리고 새로운 기회를 포착하여 붙잡고 성과를 낸다면 더 풍족한 삶과 자기만족이 따릅니다. 물론 더 발전된 삶도 함께 합니다.

열린 생각

—

펜을 바로 잡는 사람들은 열린 생각을 갖고 있습니다. 이 또한 바른 자세에서 나오는 올바른 가치관에서 비롯됩니다. 이러한 열린 생각은 새로운 기회를 붙잡는데 더 유리한 측면이 됩니다. 기존에 하던 대로 하고, 변화를 거부하면 새로운 기회도 포착하지 못합니다. 그렇기 때문에 열린 생각으로 다르게 생각해보고, 다르게 시도하다보면 주변 사람들보다 더 발전된 삶을 살게 됩니다.

저 또한 열린 생각으로 신혼 생활을 헤쳐 나온 경험이 있습니다. 신혼 생활을 하며 다른 환경과 다른 가치관으로 살아온 부부가 한 집에서 함께 살아갑니다. 본인 가치관과 생활 습관이 있기에 의사 결정이 필요할 때 초기에는 자신 생각만으로 판단하려고 합니다. 그런 식으로 서로가 행동하다보면 의사결정을 하면서 의견이 다르게 되면 다투게 됩니다. 그리고 자신 의견에 대해 고집을 부리기도 합니다. 서로 의견을 절충하여 더 좋은 대안이 나오면 새로운 기회를 포착하고 가족 발전에도 더 좋습니다. 하지만 자신 의견만 고집하며 닫힌 생각으로 행동하면 비관적인 결과만 낳게 되고 발전도 없습니다. 그래서 열린 생각이 필요하며, 펜을 바로 잡는 사람들은 이러한 열린 생각과 논리적인 언어 습관으로 타협과 발전을 이루게 됩니다.

시대 변화에 대한 적응

—

새로운 기회를 붙잡기 위해서는 시대 변화에 적응을 해야 합니다. 시대는 이미 바뀌었는데 기존에 했던 방식대로 행동한다면 당연히 경쟁에서 뒤처지고, 만족스럽지 못한 삶을 살게 됩니다.

펜을 바로 잡는 사람들은 그렇지 않은 사람들 보다 시대 변화에 대한 적응이 빠릅니다. 오히려 앞서가는 경우도 있습니다. 펜을 바로 잡는 사람들은 바른 자세에서 비롯된 바른 생각과 습관으로 꾸준히 좋은 정보들을 얻습니다. 그러면서 좋은 정보를 얻는 반복 속에 시대 흐름을 읽게 되고, 변화도 알게 됩니다. 그러한 변화에 빨리 적응하여 보다 나은 삶을 살게 됩니다.

4차 산업 혁명

—

이제 4차 산업 혁명 시대라고 합니다. 정보통신기술(ICT) 융합으로 이뤄지는 새로운 산업혁명입니다. 4차 산업혁명으로는 인공지능, 사물인터넷, 드론, 자율주행차, 가상현실 등이 있습니다. 이러한 4차 산업 혁명 시대에 기존 사고방식으로 대처한다면 경쟁 우위를 가질 수 없습니다. 변화하는 현실에 대한 새로운 용어와 개념들을 알아보고 앞으로 새로운 기회들을 탐색해야 합니다.

이러한 시대에도 펜을 바로 잡는 사람들이 경쟁 우위를 가집니다. 바른 자세에서 비롯되는 바른 마음가짐과 생각들이 새로운 시대 변화에서도 가장 중요한 요소이기 때문입니다.

IT 시대

—

기존 IT시대에서 이제는 스마트 IT 시대가 되었습니다. 스마트 폰이 등장하면서 스마트 IT 시대가 되었습니다. 스마트 IT 시대는 IT를 일반인부터 전문가까지 보다 똑똑하게 활용할 수 있는 시대입니다. 스마트IT 시대는 활용 수준이 높아져 생산성, 효율성, 편의성이 나아집니다. 현 시대는 소비자와 소통하고 감성과 기능 융합을 통해 다양한 경험과 서비스 편익을 제

공하고 있습니다. 또한 소비자의 니즈와 경험을 참여와 개방, 소통을 통해 서비스에 반영하니 보다 질적인 측면이 높아졌습니다. 이러한 IT 시대에 세상 정보는 넘쳐나고, 우리가 인지하지 못하는 변화들도 수없이 많이 이루어집니다. 이러한 세상에서 새로운 기회를 포착하고 붙잡을 수 있는 기회가 주변에 많이 도사리고 있습니다. 펜을 바로 잡는 자세에서 비롯하여 올바른 습관을 형성하며 이러한 시대적 변화에 적응하면 더 나은 삶은 계속해서 이어집니다.

글씨체가 바르다

—

펜을 바로 잡는 사람들 글씨체는 바릅니다. 글씨체 바름은 보기에도 균형적으로 바르지만, 글씨에서 나타내고자 하는 내용도 바르게 보입니다. 다소 추상적으로 느껴질 수 있지만, 펜을 바로 잡은 사람들 글씨를 보면 바로 알 수 있습니다.

펜을 바른 자세로 잡게 되면 펜에 힘이 균형 있게 들어가게 됩니다. 또한 앞과 뒤를 보며 맞춰서 글씨를 적게 됩니다. 그리고 전체를 보며 전체 속에서도 균형을 맞춰 적게 됩니다. 펜을 바로 잡으면 펜에 들어가는 힘도 균형 있게 되고, 글씨 내용적인 면에서도 전체적인 균형이 잡힙니다.

그렇기 때문에 글씨 하나하나가 모두 균형 있고, 전체적으로도 균형 있게 됨으로 바르게 보입니다.

단계적으로 생각한다

—

펜을 바로 잡는 사람들은 생각할 때 단계적으로 생각하게 됩니다. 단계적으로 생각함은 복잡하지 않고, 단순하게 행동할 수 있게 해줍니다. 또한 막막한 일도 하나씩 해결할 수 있게 해줍니다. 단계적인 생각은 결국 무언가를 이루는 데에 필수적인 요소입니다. 어느 조직에서든 결국 단계적인 절차를 밟아야 하며, 개인 또한 단계적인 절차로 진행하면 편리하게 결과를 이루어 낼 수 있습니다. 펜을 바로 잡는 습관은 이러한 단계적인 생각에 도움을 줍니다.

펜을 바로 잡는 자세는 올바른 방법에 대한 관심으로 시작합니다. 펜을 바로 잡기 위한 방법에 대한 지식으로 시작하여 펜을 바로 잡기 위한 연습으로 이어집니다. 이러한 단계를 거치면서 바른 자세가 형성됩니다. 바른 자세를 위한 단계를 거침으로써 바른 생각과 단계에 대해서도 생각하게 합니다. 결국 바른 자세나 결과를 위해서는 단계를 거쳐야 함입니다. 펜을 바로 잡지 않는 사람에게는 이러한 단계가 없습니다. 그냥 잡기 때문에 단계가 없고, 오직 결과에 대한 생각만 있습니다. 그렇기 때문에 좋은 과정을 생략하고는 좋은 결과를 이룰 수 없습니다. 그래서 펜을 바로 잡는 사람과 그렇지 않은 사람은 과정과 결과에서 차이가 나게 됩니다.

펜을 바로 잡는 사람은 단계적으로 생각하는 사고방식이 있고, 좋은 결과를 만드는 데 큰 도움이 됩니다. 펜을 바로 잡는 사람은 관심사가 생기고 도전을 할 때에 단계적으로 행동합니다. 그리고 좋은 결과는 단계를 이루어 나가면서 하나씩 쌓여가게 됩니다.

기본은 중요하다

—

기본은 중요하고 여러 매체와 사람들 지혜로써 강조됩니다. 기본이 잘 되어야 추가적인 기술과 지식도 갖출 수 있고, 결과도 나아진다고 합니다. 학업에서도 그렇고, 스포츠에서도 그렇습니다. 예술이나 조직생활, 기술적인 면에서도 물론 강조됩니다. 기본이 잘 되어 있지 않으면 언제든 약점으로 지적되고, 공든 탑도 무너지게 됩니다. 이러한 기본에 대한 중요성은 세상 진리이기도 합니다.

기본이 잘 되어 있지 않은 건축물은 어느 순간 쉽게 무너집니다. 과거 우리나라에서도 대형 백화점이 한순간에 무너진 일이 있었습니다. 그 백화점 또한 기본이 잘 되어 있지 않아 계속해서 작은 문제들이 발생했고, 그러한 문제들을 방치하여 크게 무너졌습니다. 기본이 잘 되어있는 건축물은 시간이 오래 지나도 큰 변화 없이 보존됩니다. 기본을 바탕으로 한 기초 건축에서 큰 결과 차이가 나타납니다.

기본이 되어 있지 않으면 학업에서도 심화 과정으로 넘어갈 수가 없습니다. 기본이 되어있다고 생각해서 심화 과정으로 간 학생은 이해가 가지 않는 지식에 봉착하게 되면 결국 기본으로 돌아가게 됩니다. 기본이 잘 되어있지 않은 운동선수도 계속해서 좋은 결과가 나타나지 않고, 실력 부족을 느끼면 기본부터 갈 수 밖에 없습니다. 기본이 튼튼하면 체력 소모와 기술에서도 더 뛰어난 성과를 거두기 때문입니다. 글쓰기에서도 마찬가지입니다. 기본적인 지식 없이 글쓰기를 하면 몇 줄을 쓰다보면 막힙니다. 하지만 글쓰기에 대한 기본적인 지식이 있으면 써야할 내용에 대한 기본적인 구조가 떠오르고 보다 쉽게 글을 쓸 수 있습니다. 조직생활도 마찬가지입니다. 기본적인 절차와 구조에 대해 몸에 잘 배어 있는 사람이 조직에서도 인정받고 더 높이 올라갈 수 있습니다. 그러한 기본적인 시스템을 무시하면 결코 소식에서는 성과를 나타낼 수 없습니다. 조직에서도 기본을 누가 더 잘 지키느냐에 대한 사소한 행동이 성과 차이를 나타냅니다.

이러한 기본에 대한 중요성은 결국 성과와 결과에 무척 중요한 요소입니다. 펜을 바로 잡는 자세 또한 기본에 대한 중요성과 연관이 있습니다. 펜을 잡는 자세 또한 기본 요소이기 때문입니다. 이러한 사소한 습관중 하나인 펜 잡기에서도 기본자세가 중요합니다. 펜을 바로 잡는 기본이 잘 되어 있는 사람이 인생에서도 보다 나은 삶을 살 수 있습니다

제7장
간단한 습관

펜을 바로 잡는 자세는 매우 간단한 습관입니다. 간단한 습관이니 만큼 쉽게 접근하여 조금씩 연습할 수 있습니다. 앞으로 삶에 도움이 되고, 그에 따른 혜택에 비해 아주 가성 비 좋은 습관 형성이니 꼭 실천해 볼만 합니다.

이러한 간단한 습관으로 인생이 보다 나아집니다. 습관은 간단하게 형성되지만, 이러한 정보를 얻기가 힘이 듭니다. 이 글을 읽는 펜을 바로 잡지 않는 사람들에게는 내일부터는 보다 나은 삶이 기다립니다.

마음을 단단히 먹을 필요가 없습니다

—

펜 바로 잡기 습관 형성은 마음을 단단히 먹을 필요가 없습니다. 다이어 트나, 시험공부, 금주, 금연, 게임 시간 줄이기 등 실 생활에 필요한 행위에 는 마음 잡기가 필요합니다. 어떤 사람들은 그러한 행위를 위해 종이에 적 어서 벽에 붙여 놓기도 하고, SNS 알림 말로 표현하기도 합니다. 그만큼 마 음을 다잡기에 노력이 필요하지만, 펜 바로 잡기는 아주 간단히여 별다른 마음잡기가 필요하지 않습니다. 오히려 호기심으로 인해 자연스러운 습관 형성이 가능합니다. 그리고 바로 잡아보면 옳다는 생각이 들고 자신 사고 방식과 행동 변화도 바로 느낍니다. 그리고 보다 나아진 생활도 느껴집니 다.

힘들지도 않습니다

—

펜 바로 잡기는 힘이 들지도 않습니다. 몸을 단련하기 위해 무거운 운동 기구를 들어 올리듯이 힘을 사용할 필요도 없고, 어려운 시험 공부를 위해 강한 집중력이 필요하지도 않습니다. 그저 펜을 바로 잡았는지 확인을 위한 잠깐 집중, 종이에 적는 간단한 행위만 있습니다. 그리고 이러한 훈련을 위한 별도 시간이 필요하지 않고, 일상 메모에서도 쉽게 적용할 수 있습니다.

사람들은 힘들면 쉽게 포기합니다. 새해 목표가 있어도 하다보면 귀찮고, 힘들어서 포기합니다. 펜을 바로 잡는 습관은 결코 힘들지 않습니다. 게다가 한번 바르게 쥐어보면 쉽게 습관화 됩니다. 그 어떤 목표보다 더 중요한 새해 목표일 수 있습니다.

힘들지 않은 성공으로 가는 가장 기본적이고 중요한 습관을 익히시면 됩니다. 삶이 바뀌는 점을 느낄 수 있습니다.

큰 노력이 필요하지 않습니다

—

앞서 언급한 내용처럼 펜 바로 잡는 습관에는 큰 노력이 필요하지 않습니다. 처음 방법을 익히고 일상생활에서 필요할 때 마다 바로 잡고 있는지 확인하며 적용하면 됩니다. 그나마 가장 큰 노력은 펜을 바로 잡고 있는지 손을 바라보는 정도입니다.

큰 노력은 큰 다짐과 많은 시간들이 필요합니다. 하지만 펜을 바로 잡는 습관은 큰 다짐도 필요 없고, 많은 시간도 필요하지 않습니다. 정확한 자세만 알고 있으면 되고, 펜을 쓰는 시간은 일상생활에 너무나도 많습니다. 작은 노력과 습관으로 삶에서 큰 변화가 생길 수 있습니다.

비용이 발생하지 않습니다.

—

별다른 비용이 발생하지 않습니다. 그저 손에 쥘 수 있는 펜만 있으면 되고, 펜으로 무언가를 적을 수 있는 종이만 있으면 됩니다. 더 나은 삶을 살 수 있다는 긍정적인 습관에 비해 비용이 들지 않는다는 점은 가진 재화나 재산이 없더라도 성공적인 삶을 살 수 있는 좋은 기회입니다.

사람들은 공짜를 좋아합니다. 공짜라면 없던 흥미도 생깁니다. 펜을 바로 잡는 습관은 공짜입니다. 공짜로 성공적인 인생을 살아갈 수 있는 길을 열어줍니다. 흥미가 생기는 말입니다. 공짜이니 언제든지 자신이 가지면 됩니다.

비용이 발생하지 않는 펜 바로 잡기 습관으로 무임승차하여 성공의 길로 들어서면 됩니다. 물론 KTX처럼 빠른 성공 길은 아닙니다. 그렇지만 성공으로 가는 기차 행은 맞습니다.

행복도

—

펜을 바로 잡으면 행복도도 높아집니다. 제 경우에는 펜을 바로 잡기 전에는 삶에 대한 막막함과 열등감이 있었습니다. 어떻게 세상을 살아가야 하는지, 사회에 어떻게 뛰어들어야 하는지 등 고민과 걱정으로 살았습니다. 하지만 펜을 바로 잡으면서 그러한 걱정들이 사라졌습니다. 일단 펜을 바로 잡는 습관을 가지면 일상에 여유가 생깁니다. 어떠한 행위에 대한 시작과 끝맺음이 확실해지고 자신감이 생기면서 여유와 행복감을 느낍니다. 이 여유와 행복감은 무언가를 할 때, '잘 해낼 수 있다' 또는 '난 무엇이든지 잘 해 나간다.'라는 마음가짐에서 비롯됩니다. 한번 펜을 바로 잡아 보십시오. 바른 자세 힘입니다. 바른 자세를 하게 되면 자기중심을 잡게 되고, 여유와 행복도가 높아집니다.

더 잘 논다

—

펜을 바로 잡게 되면서 그 전보다 더 잘 놀게 됩니다. 저는 펜을 바로 잡기 전에는 무엇이든지 수동적이었습니다. 오죽하면 동아리 활동에서도 누군가가 이끌어주어야 움직였습니다. 절친한 친구 옆에서 그림자처럼 졸졸 따라 다녔습니다. 하지만 펜을 바로 잡고 난 뒤에는 제 중심이 잡히면서 좀 더 적극적이고, 주도적으로 활동하게 되었습니다. 동아리 활동을 해도 제가 주도적으로 활동할 수 있는 시간에 참여하였고, 좀 더 좋은 성과와 기억에 남는 활동들을 했습니다. 또한 적극적으로 새로운 활동들을 찾아다니고, 봉사 활동도 하면서 알게 된 친구들과 시간을 보내며 즐겁게 활동을 하였습니다.

펜을 바로 잡으면서 그 전보다 더욱 적극적이고 주도적으로 놀게 되었습니다. 그러면서 더 많은 인맥과 추억, 경험을 쌓았습니다.

더 빠르게 적는다

—

펜을 바로 잡게 되면 급히 메모를 해야 할 때나 필기를 할 때 더 빠르게 적을 수 있습니다. 이 또한 바른 자세 효과이며 자세가 바르면 속도도 빠르다는 점을 나타냅니다. 펜을 바로 잡게 되면 가장 효율적으로 힘을 들이지 않고 잡기 때문에 속도가 빠르고, 글씨도 빠르게 적지만 꽤 보기 좋은 글씨가 됩니다. 때로는 너무 흘려 적어서 다른 사람들이 알아보지 못할 수도 있지만, 그래도 전체적으로 멋진 글씨이고 제 눈에는 쉽게 알아볼 수 있습니다.

우리나라 사람들은 빨리 빨리 마음이 있습니다. 더 빨리 하려고 하고, 이루려고 합니다. 펜을 바로 잡는 자세는 더 빠르게 하게하고, 이루게 할 수 있습니다. 바른 자세에서 비롯한 바른 마음 덕분입니다. 결국 바르게 가야 빠른 결과도 얻을 수 있습니다.

사인
—

펜을 바로 잡은 상태에서 사인을 해보십시오. 사인이 더욱 폼 나게 나타납니다. 이 또한 독자가 직접 경험해야 하지만, 펜을 바로 잡음으로써 흩날리는 글씨 또한 보기 좋기 때문에 사인이 아주 멋지게 완성됩니다. 이러한 멋진 사인으로 어딘가 서명을 해보십시오. 훗날 대단한 계약서에 서명하는 날이 오리라는 기분이 듭니다.

결코 펜을 바로 잡지 않는 사람에게는 어딘가에 사인, 서명하는 행위가 멋지고 당당한 일이 아닙니다.

손 모양
—

펜을 바로 잡으면서 손 모양도 바뀌었습니다. 제 손이 원래 손바닥이 꽤 각진 손이었습니다. 손만 보면 고생 꽤나 하지 싶은 손이었습니다. 그런데 펜을 바로 잡으면서 손 모양이 조금씩 바뀌었습니다. 각진 부분이 둥그렇게 바뀌면서 손이 점점 날렵해졌습니다. 이제 제 손을 보면 예전 그 고생 꽤나 하지 싶은 손이 아닌, 머리를 주로 쓰는 똑똑한 사람 손으로 보입니다. 펜을 바로 잡으면서 자세 교정과 함께 손 모양도 바뀝니다. 손 모양이 바뀌면서 실제 운명도 함께 바뀝니다.

돈

펜을 바로 잡는 자세와 돈은 어떤 관계가 있을까요? 돈을 많이 갖고 싶은 마음은 모든 사람들 공통된 관심사입니다. 저 같은 경우는 펜을 바로 잡게 된 후로, 스스로 아르바이트를 병행하며 돈을 구했고, 그 후에도 소액 주식 투자를 통해 어떻게든 스스로 제 돈을 만들어 보려고 하였습니다. 펜을 바로 잡기 전에는 아르바이트도 잘 하지 못하고 돈과는 거리가 멀었는데, 펜을 바로 잡은 후에는 돈과 가까이 지내왔습니다. 그러면서 일찍 취직을 하고 제 밥벌이를 하게 되었습니다.

그래서 펜을 바로 잡는 자세와 돈이 관계가 있느냐 질문에 저는 관계가 있다고 답변합니다. 펜을 바로 잡음으로써, 미래에 대한 생각과 현재 자신이 할 수 있는 활동들을 더 넓고 보편적으로 떠올릴 수 있게 됩니다.

자신감

—

펜을 바로 잡으면 자신감이 생긴다고 얘기했습니다. '바른 자세로 잡는다.'는 사소한 습관이 무언가를 적을 때나, 평소 활동에도 자신감이 생기게끔 합니다. 바른 자세는 자신감을 형성합니다. 걸음을 걸을 때에도 바른 자세로 걷게 되면, 가슴과 어깨가 펴지고, 바른 자세라는 생각이 곧 자신감으로 나타납니다. 펜을 잡는 자세 또한 바르게 잡으면서, 어디서든 보여줄 수 있는 바른 자신감으로 나타납니다.

펜을 바로 잡지 않는 사람들은 자신감이 없습니다. 펜을 바로 잡지 않는 자세에서부터 본인 펜 잡는 자세를 자신 있게 보여줄 수 없습니다. 그렇기에 다른 결과들도 마찬가지입니다. 자신있게 보여줄 수 있는 결과도 적습니다. 바른 마음가짐과 방법들을 모르기 때문입니다.

펜을 바로 잡으면서 펜 잡는 자세에서도 자신감이 생기고, 다른 성과들에서도 자신감이 생깁니다.

보편적인, 대중적인 마인드

—

펜을 바로 잡게 되면 보편적이고 상식적인 마인드도 형성됩니다. 그 의미는 사회 문화적으로 공감하고 당연시 되는 기본적인 마인드가 형성됩니다. 예를 들어, 면접과 예식장, 또는 기타 행사에 필요한 복장 TPO (시기, 장소, 상황)에 맞는 마음가짐과 태도를 형성할 수 있습니다. 어떤 시기와 상황 장소에서 필요한 대중화된 상식이 누군가는 그에 따르지 않고, 눈에 띄는 행동과 표현을 합니다. 이처럼 시기와 장소, 상황에 맞는 보편적인 마음가짐을 펜을 바로 잡음으로써 갖출 수 있습니다. 이 또한 펜을 바로 잡는 바른 자세가 시기, 장소, 상황에 맞는 바른 태도로 반응하기 때문입니다.

우물 안이 아닌 더 큰 세상에서

—

지금 생각해보면, 펜을 바로 잡기 전에는 우물 안에서 살았고, 그러한 삶이 편안하고 좋았습니다. 물론 다른 사람들에게 제 우물에 대해 얘기할 수는 없었습니다. 제게 우물이란 모두가 잠을 잘 때 즐기는 새벽 커피, 게임, 인터넷 그리고 늘 반복되는 학교 내 활동 등이었습니다.

펜을 바로 잡고 난 뒤, 새벽에는 저도 잠을 잤고 새벽에 자지 않을 때는 미래를 위한 준비를 할 때였습니다. 혹은 지인들과 어울리기 위한 시간이었고, 교내 활동도 더욱 다양하게 했고, 교외 활동도 했습니다.

펜을 바로 잡기 전에는 제 우물 안에서 생활했고, 펜을 바로 잡으면서는 우물 밖 세상 속에서 모두와 함께 살아가고, 경쟁도 하고, 서로에게 좋은 영향을 주기도 하였습니다.

쓰자, 적자

—

펜을 바로 잡았다면, 이제는 열심히 쓰고 적으면 됩니다. 적으면 적을수록 좋습니다. 긍정적인 미래를 바라며 열심히 적습니다. 적고 나면 새로운 아이디어가 떠오를 수 있습니다. 아이디어를 실현하고, 새로운 활동을 하고, 또 적습니다. 적을수록 자세는 바르게 되어가고, 마음과 삶도 점점 바르게 변해갑니다. 덩달아 글씨도 더욱 바르고 멋진 필체로 거듭납니다.

꼭 마음에 드는 내 글씨

—

펜을 바로 잡으면서 본인 글씨가 마음에 들기 시작합니다. 본인 글씨는 어디서 봐도 알아보게 됩니다. 흘려려 적어도 본인 필체이고, 의미 있는 필체입니다. 어떤 상황과 종이에도 크기와 굵기, 진함 농도가 적절합니다. 본인 필체가 완성되어가면서, 본인 가치관도 함께 완성되어 갑니다. 쓰고 적는 행위가 즐겁고, 그때마다 의미 있고 기분도 좋습니다. 본인이 적고 있는 그 문장 또는 단어는 후에 기록이 되고, 흔적이 됩니다. 적을 때마다 본인 글씨가 만족스럽고, 어디에 내놔도 당당합니다.

사람들은 꼭 내 마음에 들어야 무언가를 획득하고 습관화 합니다. 평소 자신 글씨에 대해 만족이 없고, 자신 인생도 마음에 들지 않는다면 펜을 바로 잡아 보면 됩니다. 꼭 마음에 드는 글씨와 인생을 얻을 수 있습니다.

누구나 할 수 있는 희망찬 습관입니다.

—

누구나 할 수 있는 습관입니다. 이제 막 펜을 잡기 시작하는 어린이부터 시험공부를 하는 학생들, 메모가 필요한 직장인, 사회인, 펜을 사용해야 하는 예술인 등 누구나 할 수 있는 알찬 생활 습관입니다. 좋은 습관은 사람과 상황, 지위를 따지지 않습니다.

한걸음 더 발전합니다.

—

펜을 바로 잡기 시작하면서 이제 한걸음 더 발전하게 됩니다. 글씨가 더 어른스럽고 보기 좋게 변하고, 좀 더 넓은 시야를 갖게 됩니다. 논리석으로 되고, 주관적인 관점뿐 만 아니라 객관적인 관점도 갖게 됩니다. 몸을 사용하기 전에 먼저 머리로 생각을 하게 되고, 전보다 더 뛰어난 아이디어가 떠오르게 됩니다. 본인 색깔을 갖게 되지만, 그렇다고 세상에서 소외되지는 않습니다. 무언가에 대한 집중과 남다른 시선으로 관련 지식들을 쌓아가게 됩니다. 본능에만 충실하지 않고, 올바른 판단을 위한 보다 깊은 생각도 하게 됩니다.

실패

—

때론 실패를 경험하기도 합니다. 그렇지만 큰 실패는 아닙니다. 왜냐하면 과정이 크게 잘못되지 않기 때문입니다. 실패를 통해 큰 교훈도 얻습니다. 같은 실패를 반복하지 않습니다. 실패하는 이유를 알고 있기 때문에 되풀이 하지 않습니다. 펜을 바로 잡는 습관으로 올바른 방향으로 가고자 하는 가치관이 형성됩니다.

사람들이 가장 싫어하는 과정이 실패 과정이 아닐까 생각합니다. 실패가 두려워 새로운 도전이 망설여지고, 새로운 인생도 멀어집니다. 연애를 하고 싶은데, 고백을 했다가 실패할까봐 두려워 고백도 망설입니다. 사업을 하고 싶은데 실패할까봐 망설입니다. 하지만 가능성이 보이고, 방법이 보이면 실패하지 않는다는 생각으로 도전을 하게 됩니다. 펜을 바로 잡는 자세 역시 이러한 성공 가능성과 방법을 보기 위한 가장 기본적인 방안입니다.

펜을 바로 잡음으로써 실패를 줄이고 새로운 도전들에 망설임이 없어집니다.

성공

—

때론 성공을 경험합니다. 작은 성공이든, 큰 성공이든 경험하게 됩니다. 성공은 이미 예상되어 있습니다. 그에 따른 과정을 경험하면서 성공하기 위해 신경을 썼기 때문입니다. 반복되는 크고 작은 성공을 겪다 보면, 이제 무언가를 할 때 긍정적인 느낌과 본인 방식도 생기게 됩니다. 작은 성공을 쌓아가며 큰 성공을 꿈꾸고, 그에 따른 준비와 함께 큰 성공을 이룹니다.

성공에 대한 인식은 펜을 바로 잡는 사람과 그렇지 않은 사람들 간에 차이가 있습니다. 펜을 바로 잡는 사람들에게 성공은 중독이고, 희열을 주는 일입니다. 반면에 펜을 바로 잡지 않는 사람들에게 성공은 꿈같은 일이고, 남에게만 일어나는 일입니다. 내게는 어쩌다 우연히 오는 일로 느껴집니다.

펜을 바로 잡는 사람들은 성공으로 조금씩 접근합니다. 바른 자세에서 비롯한 바른 방법들을 알기 때문입니다.

게임은 안녕

—

저 같은 경우, 펜을 바로 잡으면서 게임을 멀리 하게 되었습니다. 원래 게임을 어릴 적부터 좋아했는데, 펜을 바로 잡은 뒤로는 어느 정도 게임에 빠져들 때쯤이면, '허무하다, 시간이 아깝다.' 라는 느낌이 들면서 게임이 멀어지게 되었습니다. 게임 하는 시간에 좀 더 이롭고 생산적인 활동을 해야겠다라는 생각이 들었습니다. 물론 사람마다 다를 수 있습니다. 펜을 바로 잡는 사람들 중에 게임을 좋아하고 많이 하는 사람들도 있습니다. 그러한 사람들은 게임을 통해서도 무언가 생산적인 피드백을 얻고, 좋은 에너지로 활용하는 분들입니다. 그리고 그런 분들은 게임에 너무 빠져들기 보다는 적당히 자제하면서 플레이를 합니다.

저도 요즘 재미있는 게임이 있으면 간혹 플레이하기도 합니다. 퇴근 후 육아, 식사, 개인적인 용무를 다 마치고 느긋하게 차 한 잔 하며 게임을 하면 즐겁기도 합니다. 하지만 시간이 흐르면서 좀 더 생산적인 무언가를 떠올리게 되고, 게임이 반복되는 패턴에 흥미가 떨어지기도 합니다. 그러면서 게임을 끄게 되고, 책을 펼칩니다. 그리고 책을 읽으며 흥미진진한 세계에서 심장과 두뇌가 살아 숨 쉬고 저자 얘기를 듣습니다. 그리고 새로운 사실들을 습득하며 미래 도전에 대해 설렙니다.

제 사례로 보았을 때는 펜을 바로 잡으면서 게임이 재미가 없어지고, 시간이 아까우면서 생산적인 일을 찾기 시작했습니다. 아마 독자 분들도 펜을 바로 잡으면서 무언가 시간을 낭비하거나 후회되는 일을 멀리하게 됩니다. 그보다 생산적이고 도움이 되는 활동을 찾습니다.

더 멋진 미래 모습

—

펜을 바로 잡으며 바른 생활 습관을 익히며 시간이 지남에 따라 더 멋지게 변해가는 본인 모습을 보게 됩니다. 저 같은 경우는 옷차림도 더 나아지고, 시험 공부할 때 공부 방식도 더 나아졌습니다. 그리고 대학생 때 조별 과제에서 발표자 역할을 몇 번 하기도 했는데, 발표도 매끄럽게 나아진 모습을 보였습니다. 그리고 저에게 맞는 회사를 찾을 수 있었으며, 직장인이 되었고, 못하지 싶었던 결혼도 하고 귀여운 아이도 있습니다. 이제는 꿈에 그리던 책 출판까지 하게 되었습니다.

여러분도 펜을 바로 잡으며 더 멋진 미래 모습을 그려 보십시오. 시간이 지남에 따라 하나 둘 성과가 나타나고, 더 멋진 자신 모습을 볼 수 있습니다. 물론 저도 시간이 지남에 따라 더욱 발전하고 있습니다.

그리고 아직도 여러 가지 꿈을 떠올립니다. 종종 인터넷 blog에 시를 써 보는데, 그러한 시를 모아서 공모전에 제출해보고, 시인이 된 저를 상상합니다. 그리고 미래를 대비한 새로운 사업을 할 수는 있지 않을까 책을 찾아 보며 열심히 공부도 합니다. 이러한 행위들이 모두 펜을 바로 삽으면시 변한 삶입니다.

완벽한 삶으로

—

펜을 바로 잡으면서 보다 완벽한 삶을 위해 계속해서 노력합니다. 펜을 바로 잡는 올바른 자세에서 비롯된 인생에 대한 올바른 생각과 고민이 함께하기 때문입니다. 자신이 만족할 수 있는 보다 완벽한 삶이되기 위한 노력들은 어떤 행동들이 있을까요?

취미, 일상, 여행, 자기계발, 사랑 등에서 현재보다 더 발전된 모습을 상상하고 이루어갑니다. 그러면서 보다 완벽한 삶이 됩니다.

부족한 점들을 보완하며

—

자신이 만족할 수 있는 보다 완벽한 삶을 위해 부족한 점들을 보완합니다. 평소 자신 체력이 약하다고 느끼면 체력을 보다 좋게 하기 위해 계획하고 운동을 합니다. 회사에서 업무에서 자신 능력에 부족함을 느끼면 그에 대한 도서를 찾아보고, 깨달은 점을 하나씩 실천을 합니다. 또는 사회가 어떻게 돌아가는지 너무 모른다고 느끼면 매일 신문을 찾아 읽고, 사람들과 대화에서도 능숙하게 정보를 교환합니다.

이렇게 펜을 바로 잡는 사람들은 생활에 필요한 본인 부족한 점을 하나씩 채워가려 노력합니다.

저 또한 책에서 읽은 부분을 회사에서 적용하여 질 사용합니다. 액셀을 많이 사용 하는 직장인들에게 깔끔한 표를 작성하는 법을 알여주는 책을 통해 표 작성에서 더욱 보기 좋게 하여 업무에 사용합니다.

이러한 보완 작업들이 펜을 바로 잡지 않는 사람들에게는 결코 나타나지 않습니다. 펜을 바로 잡지 않는 사람들은 아마도 보다 나은 발전을 위한 노력 보다는 그 시간에 좀 더 편한 무언가를 찾습니다. 그러면서 한계에 부닥치면 포기하고 좋지 않은 상황으로 결말을 맺습니다. 하지만 펜을 바로 잡는 사람들은 평소에도 이렇게 부족한 점들을 보완하며, 더 나은 성과를 얻고 경력을 쌓아갑니다.

새로운 도전들을 시도하며

—

펜을 바로 잡는 사람들은 새로운 도전에 대한 시도를 좋아합니다. 항상 자신에게 필요한 새로운 도전에 대해 받아늘일 준비가 되어 있습니다. 또한 현대 사회 흐름에 맞춰 함께 변하려고 합니다. 다양한 분야에서 인맥과 취미, 자기만족을 위해 배우는 행동을 좋아합니다.

저도 새로운 도전들을 많이 시도 하였습니다. 작년 여름에는 자전거에 관심을 갖고 자전거 타기에 흠뻑 빠졌었습니다. 자전거를 타고 가까운 곳부터 시작하여 평소 차로만 다니던 거리까지 가기도 하고, 평소 가지 않던 길도 자전거로 여기저기 많이 돌아다니며 보고 놀라기도 했습니다. 그러면서 체중도 줄고 건강함을 느끼고, 몸매도 좋아졌습니다.

그리고 화분에도 한번 흥미를 느끼고 여러 가지를 구매해서 키워보기도 했습니다. 몇 개는 능숙하지 못해 죽기도 하였지만, 화분이 있는 집이 아름다워 또 추가로 키워볼 예정입니다.

올해는 마라톤에 도전 해보았습니다. 대회를 3번 나갔고, 거리도 늘려가고 있습니다. 한계에 도전하며 일상생활에서도 활력을 얻었습니다.

이처럼 펜을 바로 잡는 사람들은 자신을 위한 새로운 도전들을 계속해서 시도함을 좋아합니다. 펜을 바로 잡지 않는 사람들에게는 이러한 현상이 자신과는 상관없는 거리가 먼 일이라고 생각합니다. 펜을 바로 잡지 않는 사람들에게 새로운 도전에 대한 시도는 막막하고 단지 마음만 있고, 계획과 실행은 없습니다.

다양한 분야

—

펜을 바로 잡는 사람들은 다양한 분야에서 활동하고 즐깁니다. 운동모임에서 활동 하기도 하고, 주말에는 악기를 연주하기도 합니다. 아이를 데리고 KIDS 카페에 가서 시간을 즐기기도 합니다. 사랑하는 배우자와 산책을 하기도 하고, 카페에서 커피를 마시며 시간을 보내기도 합니다. 운동 대회에 참가하기도 하고, 자격증 공부도 합니다. 시간과 금전이 여유가 되면 언제든 여행을 떠날 준비가 되어 있습니다. 다양한 문화 활동에도 항상 준비가 되어 있습니다.

이처럼 펜을 바로 잡는 사람들은 다양한 분야에 몸담고 있고, 새로운 도전들에 준비하고 있습니다. 인생을 사는 재미, 목적이고 옳은 인생이기 때문입니다.

펜을 바로 잡지 않는 사람들은 다양한 분야에서 활동하지 않습니다. 펜을 바로 잡지 않아서 바르고 보편적인 가치관을 갖지 않아 성과가 적고, 자신감도 없습니다. 그렇기 때문에 새로운 분야에 대한 도전에 소극적이고, 분야는 넓지 못합니다.

폭 넓은 견문

—

펜을 바로 잡는 사람들은 기본적으로 폭 넓은 견문이 있습니다. 주변 인맥에서부터 온라인 뉴스까지 다양한 곳에서 정보와 인맥을 얻습니다. 더노력하는 사람들은 독서를 통해 깊은 지식과 지혜를 얻습니다.

본인 주관적인 생각과 방향으로만 생활함이 아니라, 사회 흐름 한 부분으로 살아가기 때문에 견문을 가질 수 있습니다. 객관적으로 자신을 판단

할 수 있기 때문에 본인 부족한 점을 알고, 보충하기 위하여 다른 사람들에게 의견을 묻고 정보를 얻습니다. 그리고 온라인과 오프라인으로 여러 활동과 공부를 하여 지식과 지혜를 얻습니다. 상류층 사람들이 갖고 있는 보편적인 관심사인 사회와 예술에도 관심을 가지면서 기본적인 견문을 넓혀갑니다.

저 또한 펜을 바로 잡으면서 견문이 넓어졌습니다. 펜을 바로 잡기 전까지는 게임, 스포츠, 학과 공부 등 제가 주로 활동하는 분야가 좁기 때문에 한계가 있었고, 살아가는 재미는 이러한 좁은 분야에 집중하고 남는 시간은 의미 없이 흘러갔습니다.

하지만 펜을 바로 잡고 나서는 다양한 아르바이트부터 운동, 독서, 외부 활동, 인간관계, 학과 외 공부 등으로 분야를 넓혀갔습니다. 펜을 바로 잡으면서 자신감이 생기고 올바른 가치관을 형성하면서 다양한 도전을 할 수 있었습니다.

제8장

습관은 빠르게 완성된다

습관은 빠르게 완성됩니다. 펜을 바로 잡는 연습을 하면 며칠 이내에 자기 자세가 됩니다. 그리고 변화가 시작됩니다. 변화를 느끼면서 자신감과 당당함, 그리고 다른 도전들을 하게 됩니다.

모든 습관들은 빠르게 자기 자세가 됩니다. 관심이 있고, 목표가 있다면 습관은 또 다른 취미가 되고, 자신 인생이 되고, 자신을 나타내는 이미지가 됩니다.

일단 작은 시도를 해봅니다. 의욕이 없을 때 의욕이 생기는 방법은 실행, 행동함이라 합니다. 이 글을 읽고 의욕이 생겨서 하는 분도 있겠지만, 그렇지 않은 분들은 일단 실행을 해보시기 바랍니다. 자신 사소한 습관이 새로운 방법이 되고, 변화가 시작됩니다.

저 같은 경우도 펜글씨를 시작하며 빠르게 바뀌었습니다. 몇 번 펜을 바로 잡고 적다 보면 바로 적응이 되고, 어느새 예전에 잡았던 습관은 잊게 됩니다. 제 아내도 마찬가지였고, 동생도 그랬습니다. 펜 바로 잡는 방법을 알려주고 몇 번 적게 했더니, 어느새 과거 습관은 잊은 듯 새롭고 바른 습관으로 자리매김 하였습니다.

효과는 언제부터?

—

펜을 바로 잡으면서 더 나은 삶이 되는 효과는 언제부터 발생 할까요? 1주일이면 됩니다. 1주일이 지나면 바로 변화가 느껴집니다. 바른 글씨와 자세, 마음가짐 그리고 당당함, 자신감 등이 나타납니다. 그리고 주변 사람들과 관계는 예전보다 더 나아지고 발전합니다. 변화는 눈에 띄지 않게 서서히 진행됩니다. 하지만 시간이 흐를수록 변한 자신 삶에 만족하고 희망이 생깁니다.

펜 잡는 방법 배우는 시기는?

펜을 바로 잡는 방법을 배우는 시기는 언제가 좋을까요? 보통 취학 전에 연필 잡는 자세를 배우는데, 처음 알려줄 때부터 제대로 알려줌이 좋습니다. 그러면 어릴 때부터 또래에 비해 두각을 나타내게 되고, 더 훌륭한 경험과 기억들을 갖고 성장합니다.

제 3살 딸도 시간이 흐르면 연필을 잡고 글씨를 씁니다. 지금은 크레파스로 스케치북에 그저 손이 가는 대로 그리는데, 가르쳐 주지도 않았는데 벌써부터 올바르게 잡습니다. 물론 우연이고 딸이 그냥 잡은 자세이지만, 후에 말이 통하고 연필을 계속해서 잡아야 할 시기가 오면 그 자세 그대로 잘 알려줄 예정입니다. 강조하여 올바르게 잡는 방법을 알려주고, 제 사례도 설명해줄 예정입니다.

우리 아이 미래 교육 (펜 잡는 방법)

—

아이들은 취학 전 펜 잡는 방법을 배웁니다. 그때 펜을 잡는 올바른 방법을 알려줌이 좋다고 생각하고, 펜글씨도 공부하면 더욱 좋습니다. 저도 어릴 때 가까웠던 친구가 똑똑하고 글씨도 잘 썼는데, 그 친구는 대학교에 입학할 때까지 계속해서 1등을 하고, 여러 가지 상도 받았습니다. 물론 펜도 바로 잡았습니다. 그렇기 때문에 어릴 때부터 펜을 바로 잡는 자세를 익힘이 성장에 도움이 된다고 생각합니다.

하지만 예상과 달리 친구에게 영향을 받아서 펜을 다시 이상하게 잡을 수도 있기 때문에, 지속적인 관심으로 펜을 바로 잡고 있는지 확인함이 좋다고 생각됩니다.

아이들이 펜 잡는 모습을 보면 지금 상황과 미래 이미지가 어느 정도 느낌이 옵니다. 펜을 제대로 잡지 않는 아이들을 보면 활기 넘치게 뛰어 놀지만, 차분한 모습은 없습니다. 반면에 펜을 바로 잡는 아이들은 똑똑하고 가끔씩 어른들도 놀라게 하는 말과 행동들을 하기도 하고, 좋은 성과도 냅니다. 그러한 모습들을 보면 어떻게 성장할지 긍정적인 예상이 되기도 합니다.

내가 더 일찍 펜을 바로 잡았다면

—

저는 펜을 바로 잡기 시작한 나이가 23살 때였습니다. 22년 동안 펜을 잘못된 방법으로 잡았습니다. 만약 어릴 적부터 펜을 바로 잡았다면 지금 어떤 삶을 살고 있을까요? 아마 지금보다 더 나은 삶을 살 수도 있고 아닐 수도 있습니다.

때론 아닐 수도 있다고 말한 이유는 혹시나 어릴 때부터 제가 잘났다고 생각할지도 모르기 때문입니다. 어릴 때부터 펜을 바로 잡아서 또래보다 더 나은 성과와 발전이 있다면 제가 타고난 재능과 운명이 또래보다 뛰어나다고 생각했을지 모릅니다. 이러한 사례를 몇 명 보았습니다. 펜을 바로 잡았던 성공적인 삶에 누군가가 노년에 잘못된 선택으로 고생을 하기도 합니다. 이런 분들은 겸손함 없이 자신이 잘났다고 생각하기 때문에 잘못된 결정을 내립니다.

물론 그렇다고 펜을 어릴 때부터 바로 잡으면 좋지 않다는 말은 아닙니다. 타고난 재능이 아닌 사소한 바른 자세와 방법이 중요하다고 교육하면 성장하는 아이들과 성인들은 결코 자신이 타고나길 잘났다고 생각하지 않습니다.

제 생각은 어릴 때부터 펜을 바로 잡는 자세가 좋다는 생각입니다. 제 인생을 봤을 때는 22년 동안 펜을 바로 잡지 않다가 23년째에 이러한 진실을 마주하게 되었지만, 일찌감치 펜을 바로 잡는 자세가 성장에 도움이 됩니다.

어릴 적 친구 한 명이 지금은 검사를 하고 있는데, 그 친구도 펜을 바로 잡았고 어린 시절부터 계속해서 눈에 띄는 성과를 내던 친구였습니다. 어릴 적에는 그 친구가 펜을 잡는 모습을 보면 참 멋지게 잘 잡는다고 어렴풋이 생각했던 기억이 있습니다. 글씨도 저를 포함한 또래 친구들보다 멋지게 잘 썼고, 책도 많이 읽었습니다. 친구들 이랑도 잘 어울리고 공부도 잘했습니다. 항상 반 학생들 중심이었고, 반장도 줄곧 하였습니다. 그 친구는 학년이 올라가면서도 계속해서 두각을 나타냈고, 어떠한 환경에서도 좋은 성과가 나왔습니다. 이처럼 펜을 바로 잡는 습관을 어린 시절부터 익혀두면 어린 시절은 물론 세월이 흘러도 바른 자세에서 나오는 경험과 지식들이 놀라운 성과로 연결됩니다.

내 주변 사람이 더 일찍 펜을 바로 잡았다면
—

제 주변 사람이 더 일찍 펜을 바로 잡았으면 어땠을까 하는 생각도 있습니다. 저야 그렇다 쳐도, 주변 사람이 펜을 바로 잡아서 더 성공적인 삶을 산다면, 내게도 좋은 영향이 있지 않았을까 하는 생각을 합니다. 앞서 얘기한 제 어릴 적 친구처럼 말이죠. 그 친구는 운동은 소질이 없었지만, 다른 행위들은 다 잘했습니다. 공부도 잘했고, 책도 좋아했고, 놀기도 좋아하고, 보다 창의적인 면도 있었습니다. 다른 친구들은 아직 경험해보지 못한 새로운 무언가를 먼저 하기도 했고, 직접 게임을 만들어서 친구들에게 공유하기도 했습니다. 이처럼 친구 1명이 탁월한 성과가 보이면 다른 친구들도 그 영향을 받아서 따라 행동하고 함께 성장하려 합니다. 저도 그 친구가 워낙 글씨를 예쁘게 잘 써서, 글씨를 잘 쓰기 위해 그 친구를 따라서 글씨를 흉내 냈었습니다.

하지만 펜을 바로 잡지 않았어도 긍정적으로 생각해보면 오랫동안 펜을 바로 잡지 않고 살아왔던 삶과 펜을 바로 잡으면서 달라진 차이로 인한 바른 자세와 습관에 대한 중요성을 알게 되어 더 좋은 계기가 되지 않았을까 하는 생각이 있습니다.

어쨌든 저나 제 주변 사람이나, 펜을 바로 잡는 자세를 조금이라도 빠른 시기에 습관화 되었다면 더 좋은 경험과 발전이 있지 않았을까 생각합니다.

펜 바로 잡기 단점?

—

지금까지 펜 바로 잡기 장점들을 얘기했습니다. 하지만 펜 바로 잡기 단점은 있을까요? 물론 있을 수 있습니다. 그 단점들은 펜을 바로 잡는 사람들 개개인적으로 다 다를 수도 있습니다. 때로는 실패 없는 과정으로 인한 과한 자신감이 될 수 있고, 너무 뛰어난 성과로 누군가에게 시기와 질투를 받을 수도 있습니다. 그리고 본인 올바른 판단에 의한 강한 의견 고집으로 다른 사람들 눈살을 찌푸리게 할 수도 있습니다.

기본적으로 펜을 바로 잡음으로써 올바르고 객관적인 시야와 사고방식을 갖겠지만, 그에 대한 겸손함과 겸허함도 필요합니다. 펜 바로 잡기 단점은 너무 과한 개성과 주변 사람 시기가 있을 수 있다는 점입니다. 그렇기에 꾸준한 자기관리 및 주변 사람들에 대한 겸허한 태도가 필요합니다.

누군가에게 시기와 질투를 받느냐 받지 않느냐는 매우 중요합니다. 자신이 하는 노력과 상관없이 주변 방해로 인해 쇠락으로 가는 길이 될 수 있기 때문입니다. 그래서 항상 겸허하고 겸손한 태도를 유지하여 시기와 질투를 받지 않도록 해야 합니다.

또한 꾸준한 자기 노력이 필요합니다. 자신성과에 우쭐하여 노력을 게을리 하는 순간 다시 쇠락으로 가는 길이 됩니다. 꾸준히 노력하여 계속해서 성장하고 꾸준한 성과를 보인다면, 자신뿐만 아니라 다른 주변에서 평가도 시기와 질투 대상이 아닌 존경과 우상 같은 대상이 됩니다.

제9장
펜바로잡기 실행

펜 바로 잡고 1주 후

—

펜을 바로 잡고 1주가 지나면 어떤 변화가 일어날까요? 먼저 자신감이 생깁니다. 해야 할 일이 생기면 바로 처리하고, 자신 있게 '다 했다고 얘기하게 됩니다. 그리고 무언가 적는 행위가 즐겁고 새롭게 느껴집니다. 펜 잡는 방법을 교정했기 때문에 글씨에 더 신경을 쓰기 때문입니다. 글씨도 예전보다 훨씬 보기 좋아지고, 글씨에 힘이 느껴집니다. 남들에게 예전보다 더 당당히 자신 글씨를 내보이게 됩니다. 벌써부터 변화가 느껴집니다. 전보다 더 이성적이고 객관적인 자신을 느낍니다.

펜 바로 잡고 4주 후

—

이제 펜을 바로 잡는 자세가 꽤 익숙합니다. 그냥 막 잡아도 펜을 정확히 바른 자세로 잡게 됩니다. 글씨도 꽤 자연스럽게 적어집니다. 이제 본인 필체가 완성된 듯합니다. 평소에는 빠르게 적기 위해 날림으로 적지만, 모든 글씨가 규칙과 정해짐이 있어 자신이 보기에는 아주 잘 썼고, 의미가 있습니다.

주변 평판도 꽤 좋아졌고, 무언가를 해도 성과가 좋습니다. 여러 사람과 함께하는 활동에서도 더욱 집중 있게 오랜 시간 꾸준히 하다 보니 좋은 위치와 결과를 얻게 됩니다. 예전과 달리 삶에 여유와 사색이 생깁니다.

전과 다른 자신에 대해 확신이 생기고, 자신감도 있습니다. 무얼 해도 전보다 당당하고, 이젠 사회 중심에서 활동하고 더 이상 주변인이 아닙니다.

펜 바로 잡고 8주 후
—

다른 사람들 펜 잡는 모습을 유심히 봅니다. 누군가는 펜을 바로 잡고, 누군가는 펜을 바로 잡지 않습니다. 펜을 바로 잡는 사람들 모습은 비슷하지만, 펜을 바로 잡지 않는 사람들 모습은 참으로 다양합니다. 펜을 바로 잡지 않은 사람들은 일을 할 때나 개인 생활을 할 때나 '뛰어나다, 바람직하다'라는 느낌은 없습니다. 반면에 펜을 바로 잡은 사람들은 공통적으로 본인 색깔이 있고, 일에 있어서도 꽤 여유가 느껴집니다. 사생활, 취미, 사랑, 가치관 등이 안정적이고 바람직합니다. 펜을 바로 잡지 않는 사람들 공통점도 보이기 시작합니다. 감정적이고, 주변 평가가 좋지 않고, 삶을 풍요롭게 해주는 취미 생활도 없습니다.

이젠 예전에 펜을 바로 잡지 않던 자세가 낯설게 느껴집니다.

펜 바로 잡고 12주 후

—

펜을 바로 잡는 사람들과 대화는 항상 즐겁습니다. 긍정적인 얘기들이 주를 이루고, 서로에게 도움 되고 필요한 말들이 오고 갑니다. 종종 서로에게 유머를 하며 웃기기도 합니다. 나이와 지위 차이가 많이 나든, 적게 나든 대화가 잘 통합니다. 어떻게 보면 나이와 지위를 막론하고 서로에게 좋은 친구이기도 합니다. 펜을 바로 잡은 사람끼리는 '대화가 잘 된다, 잘 통한다, 호흡이 잘 맞다.' 등 생각이 있습니다.

미래를 위해 지금, 그리고 내년, 앞으로 무얼 하면 좋을지도 어렴풋이 떠오르기 시작합니다. 그리고 잘 해낼 수 있으리란 생각도 듭니다.

여전히 펜을 바로 잡는 자신 모습을 살펴보고, 연습도 종종 합니다. 자신감이 계속 생기고, 성과도 생깁니다. 주변 평판도 아주 좋아졌습니다.

펜 바로 잡고 24주 후

—

이젠 누군가와 대화를 하거나 어떤 행동을 지켜보았을 때, 그 사람이 펜을 바로 잡을지, 그렇지 않은지 알 수 있습니다. 또는 누군가 펜 잡는 모습을 보면 그 사람이 현재 어떠한 삶을 살고 있을지 대충 알고, 앞으로 펼쳐질 미래도 예상됩니다.

예전부터 알고 지낸 지인들도 변한 제 모습을 어렴풋이 느끼는 듯합니다. 뿐만 아니라 변한 저도 예전부터 알고 지낸 지인들과 관계가 변했습니다. 펜을 바로 잡은 사람들과는 계속해서 좋은 관계입니다. 서로에게 긍정적인 영향을 주면서 자주 만나고, 함께 꿈과 미래 계획을 키워갑니다.

원하는 길로 가고, 하고 싶은 도전들을 합니다. 발전하고, 더 좋은 방향으로 가다 보니, 새로운 기회를 만나기도 합니다.

이젠 펜을 바로 잡은 제 발전과 펜을 바로 잡는 누군가 현재 모습을 보며 더 나은 삶에서 기본이라는 점을 확신합니다.

펜을 바로 잡는 사람들에는 부가적인 요소가 차이를 만듭니다. 독서, 주변 환경, 취미 생활, 지식 등에 따라 이젠 그들에게도 차이가 발생하게 됩니다. 부가적인 어떤 습관을 가지느냐에 따라 더 발전하는 사람과 그 자리에 머무는 사람이 나눠집니다.

지속적인 연습
—

펜을 바로 잡기 시작하면 지속적으로 연습을 해보게 됩니다. 내가 무의식적으로 펜을 잡아도 그 모습이 바로 잡았는지, 글씨가 잘 적혔는지, 또는 무언가 생각하면서 적는 시늉을 하기도 합니다. 지속적인 연습입니다. 계속해서 바른 자세를 유지하고 싶고, 글씨를 바르게 적고 싶고, 생각을 할 때에도 이 생각이 바른 방향으로 가기를 바라는 마음으로 펜을 바르게 잡습니다. 펜을 바로 잡는 자세가 본인 믿음이자 신뢰이기도 합니다. 펜을 바로 잡으면서 무엇이든 할 수 있다는 생각을 합니다.

펜을 바로 잡는 연습을 하다 보니, 어느 순간 글씨도 더 신경 써서 적으려고 합니다. 더 보기 좋게, 마음에 들도록 적으려고 노력합니다. 그러면서 내 마음도 정리가 됩니다. 옳은 생각이 함께 합니다. 하는 일과 하고자 하는 일 더욱 잘 됩니다.

제 10 장
부가적인 요소

펜 바로 잡기 외에 삶에 도움이 되는 부가적인 요소들에 대해 살펴보겠습니다. 펜을 바로 잡는 자세가 가장 기초적으로 중요합니다. 뿐만 아니라 더 발전하고 성공적인 삶을 살기 위해서는 부단히 노력하고 사회에서 관계와 변화에 따라 적응해야 합니다. 펜을 바로 잡는 사람들은 부가적인 요소까지 행한다면, 더욱 더 경쟁 우위를 가지고 풍요로운 삶이 지속됩니다.

독서
—

펜 바로 잡기 외에 추가로 도움이 되는 독서에 관한 얘기입니다. 펜을 바로 잡는 자세 못지않게 아주 중요한 습관이 독서입니다. 저도 현재 독서를 꾸준히 하고 있습니다. 틈만 나면 독서를 하고, 시간이 남을 때는 언제나 독서가 시간 보내기 제일 좋은 방법입니다. 제가 독서를 꾸준히 시작한 시기는 2013년부터 현재 7년째 해오고 있습니다. 펜을 바로 잡는 자세 못지않게 독서는 매우 중요합니다. 펜을 바로 잡는다고 해서 독서를 가까이 할지는 장담 할 수 없지만, 독서를 꾸준히 한 사람은 펜을 바로 잡거나, 혹은 언젠가 펜을 바로 잡는다고 얘기 할 수 있습니다. 그만큼 책은 위대하고 옳은 방향으로 가게 합니다.

독서는 독자에게 많은 지식들을 줍니다. 일단 책 한 권을 읽음으로써, 인터넷을 통해 얻는 간편한 정보가 아닌, 한 주제에 대한 종합적인 정보를 얻게 된다는 점이 큰 차이입니다. 이러한 독서가 반복되면 논리성, 정보 전개, 다양한 지식 등으로 자신도 모르게 발전합니다.

펜을 바로 잡는 습관이 지속적인 발전에 대한 얘기는 평균 이상 삶을 보장합니다. 그리고 독서는 평균 이상에서 최상위로 가게끔 하는 필수 요소입니다. 그렇기 때문에 펜을 바로 잡는 자세도 중요하고 보완적으로 독서도 꼭 필요합니다.

펜을 바로 잡고, 독서도 함께 한다면 아마 평생 평안하고, 최상위로 발전만 있을 예정입니다.

종이책 읽기 권유

—

저는 종이 책 읽기를 권유 합니다. 물론 그렇다고 전자책도 읽습니다. 전자책도 좋지만, 종이 책을 배제하지 말라고 하는 권유입니다.

종이 책은 우리가 언어를 구사하고 글자를 쓰기 시작하며 기록을 남기게 되면서 생기게 된 역사 깊은 불선입니다. 이 종이 책은 아직까지도 우리 일상 중 많은 부분을 차지하며 누군가는 항상 들고 다녀야 하고, 누군가는 출근하면 꺼내보아야 하고, 누군가는 먹고 사는 한 가지 방법이기도 합니다. 이러한 종이 책 읽기에 대한 제 권유를 하나씩 살펴보겠습니다.

눈이 덜 피로하다

—

종이책은 전자책에 비해 눈이 덜 피로합니다. 저도 전자책이 편해서 한 때는 전자책만 1년동안 본적이 있습니다. 휴대가 편하여 틈틈이 볼 수 있고, 직장에서도 시간 나는 대로 읽을 수 있어 너무나도 편리합니다. 물론 배터리가 걱정될 때가 있고, 핸드폰 중독처럼 보이기도 합니다. 하지만 짬나는 시간 중 무료함을 가장 지혜롭고 풍족하게 지낼 수 있는 최고 방법이라고 생각됩니다.

이렇게 좋은 전자책도 단점이 있습니다. 눈이 피로함을 느낍니다. 회사에서도 하루 종일 pc로 작업을 하여 눈 피로가 있는데, 틈틈이 전자책으로 계속해서 눈에 피로를 주니 눈물 약을 과하게 눈에 넣게 되었습니다. 그러다 궁금한 주제가 생겨 전자책을 찾다가 주제에 맞는 전자책이 없어서 오랜만에 종이 책을 도서관에서 빌려와 읽었는데, 확실히 종이 책은 눈에 피로감이 덜 했습니다. 아무리 봐도 전자책 만큼 눈에 피로감이 심하지는 않았습니다. 보다 건강한 눈이 되었습니다.

눈이 덜 피로하니, 생활에도 더 활력이 넘칩니다. 집에서 피로한 눈으로 아내와 아이들을 바라보다가 피곤하다며 침실로 가지 않고, 건강한 눈으로 아내와 아이들을 향해 미소를 지을 수 있게 됩니다.

폼이 난다

—

종이책은 지적인 모습을 나타내는 대표적인 아이콘입니다. 종이 책을 들고 다니기만 해도 지적으로 보이므로 폼이 납니다. 또한 책을 펼쳐 읽는 모습은 누가 봐도 인상적입니다.

책이 집에 많이 있기만 해도 일이나 학업에서 능률이 높다는 연구 결과도 있습니다. 종이 책은 시각적인 면에서도 효과가 있고, 이미지에도 좋고, 능률에도 좋습니다. 책은 매력적인 이성을 더욱 매력적으로 보이게 하는 효과도 있습니다.

자식 교육용으로도 좋다

—

종이책은 자식 교육에도 좋습니다. 책을 읽는 부모를 본다면 자식들도 책에 더욱 친근함을 느끼고 가까이 하게 됩니다.

어릴 적 밖에서 놀기를 좋아하던 저는 집에 오면 항상 어머니가 누워서 책을 읽는 모습을 보았습니다. 자꾸 보다보니 어머니가 무슨 책을 읽는지 궁금하기도 했고, 어머니가 책을 대출하러 갈 때에 따라가서 만화책이나 소설책을 빌려보기도 하였습니다. 알고 보니 어머니가 읽던 책이 장르 소설책이었지만, 어머니가 매일 누워 책을 보던 모습이 저에게는 참 인상적으로 다가왔었습니다. 가끔은 어머니가 집에 온 저를 쳐다보지도 않고, "왔니?" 라는 말만 하며 책에 몰입하는 모습도 기억이 납니다. 어린이 명작이라며 30권짜리를 비싼 가격에 구입하고, 백과사전도 책꽂이에 가득했지만 그러한 책들은 잘 펼쳐 보지 않습니다. 오히려 부모가 책을 읽는 모습을 보고 자식은 책에 관심을 갖고 가까이 하게 됩니다. 그러므로 종이 책을 읽는 부모 모습은 자식 교육과 미래에도 도움이 됩니다.

책 역사를 느낀다

—

종이책은 겉표지와 안 종이에서 히스토리를 느낄 수 있습니다. 도서관 책이라면 인기가 많은 책은 겉표지가 닳았고, 안에도 오염된 곳이 곳곳에 보입니다. 인기가 없는 책은 발행된 지 오래 되어도 새 책처럼 깨끗합니다. 서점 책도 마찬가지입니다. 인기가 많은 책은 새 책임에도 다른 사람 손 때가 묻어있고, 겉표지도 어느 정도 부드러워 있습니다. 다양한 책들을 손으로 넘겨보면 책 역사를 느끼고, 나 또한 역사 한 부분처럼 느껴집니다. 그리고 과거와 미래 사이에 나도 중요한 연결 고리가 된 듯합니다.

만약 전자책이라면 이러한 직접적인 느낌은 받기 힘듭니다. 손으로 직접 넘겨보고 향기도 맡아보고 때론 밑줄도 그어보며 책과 직접적인 체험을 하기도 합니다.

보람이 있다

—

종이책을 읽어보면 보람이 생깁니다. 대단히 좋은 시간을 보내게 되고, 누가 보더라도 쉽게 방해하지 못할 소중한 시간을 갖게 됩니다. 그만큼 종이 책은 일반 사람들에게 지식을 얻기 위한 경계이고, 책을 가까이 하지 않는 사람들에게는 쉽게 범접하기 힘든 물건처럼 보입니다. 이렇게 한번 펼치기 힘든 책이기에 읽다보면 보람이 느껴지고, 반을 읽으면 '반을 읽었다'는 보람이, 다 읽으면 '다 읽었다'라는 성취감을 느낍니다.

책은 읽는 사람에게는 한 가지 보물이고 창고입니다. 그리고 기록입니다. 책 한 권을 다 읽으면 내 스펙에 한 가지 책이 추가되고, 내 인생 기록에도 추가됩니다. 그리고 종이 책이 누군가에게 전달되면 내 기록도 전달됩니다.

전자책도 필요하다

—

종이 책 장점들을 얘기했습니다. 종이 책 장점들을 얘기했다고 전자책이 단점이 되지는 않습니다. 전자책도 필요하고 쓰임이 많아 독서가들에게는 필수요소입니다. 종이 책을 권유했지만, 전자책도 필요합니다. 전자책

장점은 편리한 휴대성입니다. 회사에서도 읽을 수 있고, 화장실에서도 읽을 수 있고, 자기 전에도 읽을 수 있습니다. 어두울 때나 밝을 때나 읽을 수 있고, 내부에서나 외부에서나 읽을 수 있습니다. 이러한 전자책은 핸드폰을 바라보고 있으니, 종이 책처럼 폼은 나지 않습니다. 또한 자식 교육용으로도 그리 좋아보이지 않습니다. 그리고 전자파로 인한 눈 피로도 만만치 않습니다. 이러한 단점들이 있지만, 시간 대비 가독성은 아주 좋습니다. 저 또한 화장실에서나 회사에서 쉬는 시간이나 자기전에 읽는 전자 책으로 아주 많은 독서를 할 수 있어 매번 감탄을 합니다. 종이 책은 따로 시간 내어 읽어야 하고 반경 거리에 책이 있어 야 하지만 전자 책은 틈나는 대로 볼 수 있어서 전자 책으로 더 많은 책을 완독합니다. 그러므로 전자 책도 필요합니다. 종이 책을 권유하지만 전자책도 함께 읽는다면 더 많은 독서량으로 본인 성장에 도움이 됩니다.

바른 마음

—

바른 마음도 더 나은 삶에 있어 중요한 요소입니다. 제가 살면서 깨달은 바른 마음에 대해 얘기해보겠습니다.

먼저 진실한 마음입니다. 다른 말로는 진솔한 마음이기도 합니다. 누군가 얘기를 하는데, 뭔가 마음에 와 닿지 않고, 그냥 예의상 또는 분위기상

말한다고 느끼는 경우가 있습니다. 그럴 때는 대꾸는 하지만 그래도 뭔가 마음이 찝찝하고 그 사람에 대한 평가도 좋지 못합니다.

반면에 어떤 사람은 평소 얘기도 잘 하지 않고, 잘 웃지도 않습니다. 하지만 한마디 얘기를 꺼내면 정말 필요한 말만 하거나 진심이 느껴지는 경우가 있습니다. 또 그가 웃으면 정말 웃겨서 웃는다는 느낌을 받습니다. 그런 사람들은 진실하고 진솔한 사람입니다.

이성적으로 끌리는 사람도 어떤 사람일까요? 그냥 입에 바른 소리를 하는 사람과 진짜 진심이 느껴지는 사람 중 이성적으로 더 끌리는 사람도 아마 진심이 느껴지는 사람입니다.

두 번째는 겸손함입니다. 겸손해야 하는 이유는 뭘까요? 겸손하면 누군가 자랑을 들어줘야 하고 자신 자랑을 하지 않게 됩니다. 아마 입이 근질근질 할 수 있습니다. 하지만 좋은 점들이 있습니다. 먼저 자기 자랑을 했다가 망신을 당하는 경우가 없습니다. 자신 자랑을 실컷 늘어놓았는데, 후에 일이 잘 풀리지 않아 좋지 않은 결과가 나왔을 때 상처는 아마 자랑하지 않았을 때보다 더 큽니다. 또 하나 장점은 시기와 질투를 받지 않습니다. 자기 자랑을 하면 본인은 신이 나서 얘기히고 세상 주인공인 듯 느껴집니다. 하지만 듣는 사람들 중 진정 축하해주고 동경하는 사람들도 있겠지만, 시기와 질투를 느끼는 사람들도 있을 수 있습니다. 그러면 자기자랑 늘어놓는 사람이 후에 좋지 않은 결과가 나오기를 바라게 되고, 또 그러한 일이 있을 때 아주 고소해 합니다.

반면 겸손한 사람은 그런 시기와 질투를 받지 않기 때문에 좋은 일이 생기면 진정으로 축하와 존경을 받을 수 있습니다. 그래서 겸손함은 성공적인 삶을 위해 필수적인 덕목이라 생각됩니다.

세 번째는 의로움입니다. 어떠한 상황과 사람간 관계에는 의로움이 있어야 합니다. 누군가가 지위가 높거나, 더 힘이 있어서, 또는 예의가 없어서 다른 사람에게 피해를 주거나 공정하지 못한 대우를 해서는 안 됩니다. 하지만 의외로 일상 생활에서 이러한 일이 생기기도 합니다. 더 유리한 사람에게 혜택을 주고 불리한 사람에게 혜택을 주지 않는다면, 나중에 누군가에게 좋지 않은 평가를 받습니다. 항상 상황 흐름에 따라 함께 흘러가기 보다는 잘 생각하여 공정한지 아닌지를 판단하여 결정을 내리고 행동해야 나중에 좋은 결과와 평가가 따릅니다.

또한 사사로운 이익 때문에 관계 또는 일에서 올바른 규정이나 사상을 어겨서도 안 됩니다. 소탐대실로 큰 이익을 잃는 일이고, 장기적으로 자신에게 좋지 않은 결과로 돌아올 수 있습니다. 저 또한 원래 사사로운 이익을 위해 쉽게 눈 감고 나쁜 행동도 서슴지 않았습니다. 그러나 후에 인간관계나 평가에서 크게 좋지 않은 영향을 미친다는 점을 알게 되었습니다. 그러다 유명한 역사 소설을 읽는 중에, 한 거상이 사사로운 이익보다 의로움을 더 중요시하는 대목에서 저를 반성하였습니다. 의로움은 최고 거상에게도 중요한 덕목이었습니다.

바른 자세

—

자세 중요성에 대해 얘기해보겠습니다. 모든 행위에는 그 행위에 맞는 바른 자세가 필요합니다. 자세에 따라 체력, 건강, 집중력, 성과가 달라집니다. 축구 선수를 예로 들어보겠습니다. 정확한 자세로 슈팅을 하는 선수와 흐트러진 자세로 슈팅을 하는 선수 그 결과는 어떻게 다를까요? 세계 최고 선수들은 평소 자세에 신경을 쓰고 바르게 하려고 노력하기 때문에 실제 경기에서도 좋은 자세로 결과도 좋습니다. 반면 그렇지 않은 선수는 평소 훈련 때에도 자세에 신경 쓰지 않기 때문에, 경기에서도 좀 잘해보려고 해도 평소 자세가 옳지 않아서 좋은 결과가 나오지 않습니다.

걷거나 앉거나 누워있을 때도 마찬가지 입니다. 바른 자세로 걷게 되면 몸에도 좋고, 더 많이 오래 걸을 수 있다고 합니다. 공부하는 학생이나 직장인들도 앉는 자세를 바르게 하면 앉아 있는 시간이 늘어납니다. 집중도 더 잘됩니다. 허리가 아픈 일도 없습니다. 바른 자세로 누워 잠을 청하면 잠이 절로 오고, 깊은 잠에 빠집니다. 자고 일어나면 개운합니다. 그렇지 않은 사람은 오랜 시간 잠을 자도 개운하지가 않습니다.

항상 무언가를 시작할 때 자세에 대해 정확히 알고 바른 자세를 익히는 점이 중요합니다. 펜을 사용하여 무언가를 적는 행위도 마찬가지입니다. 바른 자세로 펜을 사용했을 때와 그렇지 않을 때 결과가 다릅니다. 시간이 흐름에 따라 쌓이면 그 차이는 확연히 나타나게 됩니다. 펜을 바로 잡아야 하는 이유입니다. 가장 기본인 펜 바로 잡기부터 시작하여 모든 행동에 자세를 바르게 하면 건강과 성과, 행복함을 얻을 수 있습니다.

이 글을 읽는 여러분도 자신 일상에서 자세를 점검해보며 나쁜 자세는 고쳐보시기 바랍니다. 운동선수도 슬럼프를 겪으면 가장 먼저 자세를 다시 점검한다 하니 자세 중요성은 인생 진리입니다.

바른 삶

—

앞서 얘기한 바른 마음과 자세를 실천하다 보면 어느새 바른 삶이 된다고 생각합니다. 바른 삶이란 무엇일까요? 자신이 이루고 싶은 목표들을 이루고 만족하며 사는 삶이라고 생각합니다. 시기와 상황에 맞춰 당연히 이루어야 할 성과들을 이루고, 또 자신이 목표로 하는 무언가가 있으면 그 목표도 이룹니다.

자신이 원하는 모든 목표들을 이루고 만족하며 살 수는 없습니다. 하지만 노력은 할 수 있습니다. 원하는 목표들을 이루기 위해 노력하는 과정이 있으며, 그 과정에서 깨달음과 가능성을 알게 되고, 결국 원하는 목표들을 이룹니다.

이러한 바른 삶에서 가장 기본인 펜 바로 잡기부터 해봅니다. 펜을 바로 잡고 바른 삶을 위해 무언가를 적으며, 이루어 나갑니다.

저도 펜을 바로 잡기 전에는 바른 삶을 살지 못했습니다. 원하는 목표들을 많이 이루기는 했지만 이루지 못한 목표도 많았습니다. 무언가를 배우며 발전해서 나중에는 성공적인 결과가 더 많아야 했지만, 그러지 못했습니다.

하지만 펜을 바로 잡기 시작하면서 바뀌었습니다. 무언가를 이루기 위해 노력하는 방법들을 생각하고 적어갑니다. 의욕과 감정으로 추진하기 보다는 논리와 단계별로 추진합니다. 의욕과 감정으로 추진하다 보면 쉽게 지침이 예상되어서 장기적으로 멀리 바라보며 차근차근 진행합니다. 그러면서 하나씩 이루어 갑니다. 물론 이루지 못하는 목표도 있겠지만 곧 다시 이루거나 더 큰 성과를 이룹니다. 펜 바로 잡기가 바른 삶을 향해 나아가는 시작입니다.

제 경험으로 사례를 들어보겠습니다. 펜을 바로 잡기 전입니다. 새롭게 흥미와 호기심이 가는 일이 생겨서 푹 빠져 매일같이 열정을 쏟아 부었습니다. 열정 쏟아 붓기는 좋지만, 그게 빠른 체력과 집중 고갈로 이어졌습니다. 일이 잘 풀리지 않을 때 빠른 포기로 돌아왔습니다.

펜을 바로 잡고 난 후에는 어떻게 바뀌었을까요? 매일 조금씩 진행하며 처음에는 작게 시작하고 점점 단계를 높여나가고 시간을 늘려가면서 진행하였습니다. 그러다 보니 쉽게 지치지도 않고, 하루하루 더욱 흥미가 더해지고, 발전하는 자신 모습을 보았습니다. 그러면서 자신감도 생기고, 성과도 쌓여갑니다. 펜을 바로 잡으면서 이성적, 객관적이고 논리적인 사고방식이 생기면서 가능합니다.

배우는 자세

—

　항상 무언가를 배우려 한다면 재미와 발전이 함께 합니다. 펜을 바로 잡는 자세 또한 배움이고, 자기 발전에 꼭 필요한 요소입니다. 무언가에 대한 배움을 추구하면 새로운 분야에 대한 개척이 가능하고, 본인 발전 범위도 넓어집니다. 그러다 보면 주 수입원 외에 추가적인 수입도 발생할 수 있습니다. 그리고 인간관계에서도 추가적으로 넓은 인간관계가 형성될 수 있습니다. 과거 논어에서부터 배움에 대한 찬양이 있었고, 최고 삶을 살고 있는 모든 사람들이 무언가를 배우는 중요성에 대해 공통된 생각을 갖고 있습니다.

　저 또한 무언가에 대한 배우는 자세가 펜을 바로 잡고 나서부터 더 강해졌고, 계속해서 도전을 하고 있습니다. 이 글을 적고 있는 지금은 도서 집필에 도전하고 있고, 앞으로는 시인 등단 및 시집 출판에도 도전할 예정입니다. 이렇게 도전을 하다 보면 성공과 실패를 반복하며 배우는 점이 많아지고, 경험과 지식 그리고 추가적인 보상도 얻을 수 있습니다.

제11장
내가 바라본
펜바로 잡은 사람과 그렇지 않은 사람

이번에는 제가 바라본 주변 펜 바로 잡는 사람과 그렇지 않은 사람 일상과 성과들을 얘기해보겠습니다. 사례들을 비교해보며 펜을 바로 잡는 사람과 그렇지 않은 사람 차이를 보겠습니다.

사무직 직장인 A와 B

—

먼저 펜을 바로 잡는 A입니다. A는 펜을 바로 잡습니다. 어떤 상황에서도 흐트러짐 없는 자세로 잘 잡습니다. 무언가를 적을 때도 전체적으로 균형도 맞고 보기에도 좋습니다. 직장에서 지위는 팀장입니다. 일찍 팀장이 된 편입니다. 팀원으로서 평판과 성과가 좋았습니다. A는 항상 바쁩니다. 회사에서 A에게 바라는 성과들이 많기 때문입니다. A는 본인 원칙과 회사에서 주는 방침에 따라 일을 처리하고, 깔끔하게 마무리합니다. A는 회사에서 사람들이랑 잘 어울리기도 합니다. 술을 먹기도 하고, 회사에서 커피한잔 하며 이야기도 잘 나누고는 합니다. 특히 선배와 상사에게도 신임과 좋은 평판을 받고 있습니다. 일찍이 결혼도 하고 아이도 둘이 있고, 남다른 재테크 실력으로 또 다른 수입을 얻기도 했습니다. 좋은 집과 차를 갖고 있고, 항상 옷차림을 깔끔히 하고 다닙니다. 그러면서도 항상 겸손하여 다른 누군가에게 배울 점이 있으면 배우려고 하고, 절대 자기 자랑을 하지 않습니다. 술을 좀 좋아하기는 하지만, 그 외에는 별다른 흠이 없어 아마 원하는 목표들을 대부분 이루며 계속해서 발전하리라 보입니다.

　다음은 펜을 바로 잡지 않는 B입니다. B는 펜을 바로 잡지 않습니다. 펜이 올바른 위치보다 조금 아래에 있습니다. B는 그 자세가 습관이 되어 어떤 상황에서도 그렇게 잡습니다. 잘못된 자세에 흐트러짐이 없습니다. B는 말이 많습니다. 이야기 반은 진심이 담겨 보이지 않습니다. 진심이 담긴 이야기를 할 때에는 나이에 비해 철이 없어 보입니다. 독립한 성인 모습이기 보다는 부모 아래 아이 같은 모습이 많습니다. B는 성과는 있지만 그보다 고생을 더 많이 하고, 지위에 맞는 대우를 받지 못합니다. 일 하는 방식이 잘못되었다는 생각도 합니다. 자신 원칙과 회사 규율에는 어느 정도 일치하지만 자기주장이 너무 강합니다. 다른 사람 의견을 귀담아 듣지 않고, 본인 의견만 고집합니다. 늦은 나이에 사회에 발을 디뎠고 결혼도 하였지만, 또래보다 항상 조금씩 늦는 편입니다. 선배와 상사에게는 아주 잘하지만 후배에게는 막 대하는 경향이 있습니다. 지인 얘기만 듣고, 자세히 알아보지 않은 채 많은 돈을 재테크에 투자해서 실패 하기도 하였습니다. 본인은 운이 없다고 얘기합니다. B는 아마 계속해서 지금과 같은 삶을 살지 싶고, 시간이 지나도 큰 발전은 없어 보입니다.

축구 선수 A와 B

—

축구 선수 A는 펜을 바로 잡습니다. 어릴 적부터 운동 신경이 좋아 운동을 좋아했고, 그 길로 걸어왔습니다. 운동뿐만 아니라 수업시간에는 공부도 열심히 합니다. 친구들 이랑도 잘 어울립니다.

축구를 할 때에는 축구에만 집중합니다. 그리고 남들보다 더 많은 시간을 축구에 쏟습니다. 다들 운동 시간이 끝난 후 돌아가고 나서도 A는 남아서 연습합니다. 훈련 시간 때 하지 않은 다른 훈련을 남아서 합니다. 물론 훈련 시간에도 남들보다 먼저 도착해서 몸을 풉니다. 축구를 진정으로 즐기고 행복해합니다. 자신 생각만 고집하지 않고, 주변 지인들이나 코치 의견에 항상 귀를 기울이고, 본인 부족한 점을 보완하려 합니다. 이 또한 A에게는 즐거운 일입니다. A는 계속해서 성과를 내고 훌륭한 축구 선수가 되어 높은 연봉과 함께 영예로운 삶을 살고 있습니다. 계속해서 자기관리를 하고 몸에 좋지 않은 행동들은 하지 않습니다.

축구 선수 B는 펜을 바로 잡지 않습니다. 타고난 운동 신경과 열정으로 실력을 인정받으며 자랐습니다. 결국 명문 구단으로 입단했고, 초기에 눈에 띄는 활약으로 높은 평가를 받습니다. 하지만 몇 해 지나지 않아, 체력과 폼이 안 좋아졌습니다. 눈에 띄는 활약이 줄어들었고, 평가도 좋지 않아졌습니다. 자기 관리에 실패한 사례입니다. 공부도 소홀히 했고, 몸에 좋지 않은 행위들도 주변인들과 어울리며 했습니다. 훈련에 소홀히 했고, 개인 연습 시간도 계속해서 줄었습니다. 이제 다시 훈련에 집중하려 하고 연습도 해보려 하지만, 예전과 같은 방법으로 하려니 컨디션이 살아나지 않습니다. 점점 동료들보다 뒤처지는 자신이 보이고, 서서히 현실에 타협합니다.

A와 B 이야기를 했습니다. 펜을 바로 잡는 사람과 그렇지 않은 사람 삶을 구체적으로 얘기했습니다. 실제로 둘러보면 펜을 바로 잡는 사람은 A와 같은 삶이 많고, 그렇지 않은 사람은 B와 같은 삶이 많습니다. 펜을 바로 잡는 사소한 바른 습관이 마음과 자세, 삶이 바르게 이어지기 때문에 이러한 차이가 생깁니다.

저 또한 A 삶으로 살아가고 있습니다. 물론 부족한 점도 있어서 완벽히 A와 같은 삶을 살고 있지는 못합니다. 하지만 배우는 자세로 부족한 점들을 보완하며 발전해가고 있고, 성과도 계속해서 좋아지고 있습니다.

펜을 바로 잡는 사소한 습관과 꾸준한 자기 관리, 그리고 부가적인 요소 보완으로 밝은 미래가 기다립니다.

영업사원 A와 B

—

영업사원 A는 펜을 바로 잡습니다. 영업은 5년차입니다. 이 영업사원이 매장을 방문하면 점주들이 반깁니다. A는 자사 제품들이 진열된 곳을 살피면서 유통기한이 지난 제품은 없는지, 제품이 파손되지는 않았는지 살펴봅니다. 그리고 잘나가는 제품 위주로 납품을 합니다. 진열도 깔끔하고, 말과 행동도 깔끔합니다. 점주들과 직원들에게 아주 예의 바릅니다. 매출이 더 필요할 때는 잘 나가는 제품에서 행사를 하여 판매합니다. 잘 나가는 제품 위주로 판매하니 회전율도 좋고 반품 제품도 적습니다. 장부 관리도 잘하고, 채권 상태도 양호합니다. 매출 실적도 좋습니다. 신입 사원이 입사해서 일을 배울 때 꼭 A에게 배우게 합니다. 배우는 신입 사원도, 팀장도 A를 훌륭히 평가하고 좋아합니다. 개인적으로도 주변 사람들에게 잘하고 가족들에게도 잘합니다. A도 처음부터 영업을 이렇게 훌륭하게 잘하지는 않았습니다. 하다 보니 어떻게 하면 옳게 할 수 있는지 알게 되고, 올바른 방법으로 꾸준히 했습니다.

영업사원 B는 펜을 바로 잡지 않습니다. 영업은 5년차입니다. B가 매장을 방문하면 점주들 반응은 반반입니다. 어떤 곳은 반기고, 어떤 곳은 무반응입니다. 반기는 곳은 큰 매장입니다. 어차피 장사가 잘 되기 때문에 어떤 영업사원이라도 다 반깁니다. B는 잘 나가는 제품이든, 잘 나가지 않는 제품이든 모두 납품하고, 납품된 제품은 잘 관리하지 않습니다. 그래서 반품되는 제품도 많습니다. 반품이 많은 날에는 또 그만큼 많은 납품을 하려고 합니다. 그러다 보니 점주 랑도 가끔씩 다툽니다. 매출 실적은 좋으나, 기복이 있습니다. 좋은 매출 실적으로 포상도 받았지만, 오래가지 못합니다. 영업 7년째에 더 이상 매출이 늘지 않고, 본인에게 만족을 주지 못하는 급여에 그만두게 됩니다. 펜을 바로 잡지 않는 B는 바르지 않은 사고방식으로 영업 방식도 바르지 못하여 결국 마지막 결과가 좋지 못합니다.

거래처 직원 A와 B

—

거래처 직원 A는 펜을 바로 잡습니다. 처음 보았을 때 인상이 아주 좋습니다. 명함도 깔끔하게 노트에서 꺼내어 내밉니다. 대화를 할 때에는 귀를 기울이고 가끔씩 메모도 합니다. 대화가 합리적이고 매끄럽게 됨을 느낍니다. 한번 얘기한 주문은 절대 빼먹지 않습니다. 특이사항 건도 정확히 지킵니다. 계속해서 회사에 공급하는 품목들이 늘어나고 평판도 좋습니다.

거래처 직원 B는 펜을 바로 잡지 않습니다. 첫 인상은 깔끔한 듯하나, 조금 흐트러진 모습도 있습니다. 대화는 주로 듣기 보다는 말하기를 좋아합니다. 계속해서 무언가를 설명하려 하고, 자신만만합니다. 하지만 가끔씩 주문한 내역을 빼먹습니다. 여러 번 얘기해도 잘 고쳐지지 않습니다. 실수가 반복됩니다. 변명을 하고 잘 하겠다고는 하지만 자신 업무 스타일을 잘 개선하지 않습니다. 가끔씩 대형사고도 터뜨립니다. 납품하는 제품 불량, 또는 미납으로 페널티를 받기도 합니다. 항상 이곳저곳 방문 하느라 몸이 바쁘고, 전화를 걸면 통화 중일 때가 많습니다. 일을 수월하게 해내기 보다는 항상 힘들게 해내고 있는 듯한 모습입니다. 펜을 잘못된 자세로 잡고, 그에 따라 바르지 않은 사고방식으로 업무에도 영향을 미칩니다.

학생

—

학생들 중에서도 펜을 바로 잡는 학생과 그렇지 않은 학생은 차이가 나타납니다. 뚜렷한 성과가 있는 학생과 그렇지 않은 학생으로 나뉩니다.

펜을 바로 잡는 기본이 잘 되어 있는 학생들은 무엇이던지 바른 사고방식으로 대하기 때문에 단계적으로 공부 하고자 함으로 성과가 나타납니다.

펜을 바로 잡는 학생들은 어떤 성과가 나타나는지 살펴보겠습니다.

성적 상위권 학생

—

학생 A는 반에서 상위권 성적이 꾸준히 나옵니다. 수업시간에 앞자리에 앉아 집중해서 잘 듣고, 메모할 부분이나 과제에서도 놓치지 않고 하려고 합니다. 궁금한 내용이 있으면 질문도 잘 합니다. 교과 과정에서 예습 복습도 빼놓지 않고 잘 합니다. 시험 기간에는 단계적으로 꾸준히 공부를 합니다. 자신 리듬에 맞춰 꾸준히 공부하여 성적이 크게 떨어지지 않습니다. A 학생은 물론 펜을 바로 잡습니다.

성적 상위권 학생들은 펜을 바로 잡습니다. 펜을 바로 잡는 학생들은 공부를 할 때에도 바른 방법으로 공부를 합니다. 과목에 따라, 선생님 방식에 따라 다르게 공부를 합니다. 펜을 바로 잡지 않는 학생들은 단순히 시간만 많이 투자하여 공부를 합니다. 펜을 바로 잡는 학생들은 생각을 하며 전략적으로, 효율적으로 공부를 하려고 합니다. 특히 자신이 수업을 듣는 데에 도움이 되는 방식을 터득하면 더 효과적으로 하기 위해 집중합니다. 펜을 바로 잡는 A 학생은 바른 사고 방식으로 기초가 되어 있기 때문에 학업에 대해서도 기본적인 구조를 잘 알고 있습니다. 수업을 들을 때에도 더 잘 들을 수 있는 방법으로 집중하고(예습과 복습), 공부를 할 때에도 어떤 순서로 공부를 하는 방법이 좋은지 알아보고 공부를 합니다. 이렇게 하면 단순히 시간만 많이 투자해서 공부하는 학생들과는 차이가 있을 수밖에 없으며 더 효율적으로 공부를 할 수 있습니다.

펜을 바로 잡는 A 학생은 성적이 상위권입니다. 공부에도 흥미를 유지하며 더 흥미가 있는 공부를 찾습니다. 펜을 바로 잡지 않는 학생들과 차이를 느끼며 학업에 집중합니다. 펜을 바로 잡지 않는 학생들과는 공부 방식이니 수업에 임하는 자세에서 차이가 납니다.

잘 노는 학생

—

이번에는 펜을 바로 잡는 B 학생입니다. 이 학생은 성적은 좋지 않아도 놀기만큼은 절대 뒤쳐지지 않습니다. 논다고 하여 매일 게임을 하거나 술을 먹고 놀기가 아닙니다. 축구 모임에서 축구도 하고, 게임도 합니다. 그리고 또 다른 모임에서는 관광지 여행, 맛집 여행, 독서 모임 등을 갖기도 합니다. 또한 악기에도 관심이 많아 악기 학원에서도 다른 친구들과 서로 영향을 주면서 즐겁게 연주를 합니다.

이처럼 펜을 바로 잡는 학생들 중 잘 노는 학생들은 건전하고 생산적이며, 좋은 결과를 내는 놀이에 집중합니다. 시간을 때우며 놀기가 아닌, 자신 인생에 도움을 주는 놀기 입니다.

아무리 매일 같이 노는 학생이라도 펜을 바로 잡는 학생들은 좋은 습관을 바탕으로 한 바른 사고방식을 하기 때문에 노는 행위도 자신에게 긍정적인 놀기를 합니다. 그렇기 때문에 놀기도 당당히 잘 놀기 행동을 취합니다.

무언가 한 가지를 무척 잘하는 학생

—

또 다른 펜을 바로 잡는 C 학생은 당구를 좋아합니다. 친구들과 놀게 되면 꼭 마지막은 당구를 칩니다. 당구를 오래도록 쳤고, 좋아하다보니 실력도 수준급입니다. 당구 동호회도 참석하며 당구 큐대에도 꽤 투자합니다.

한 가지 분야에서 '잘 한다'는 평가를 받고, 그 분야에서는 전문가급 지식과 실력을 얻음이 펜을 바로 잡는 사람들 특징입니다.

펜을 바로 잡는 학생들 중 이처럼 무언가 한 가지를 잘하는 학생들이 종종 있습니다. 한 가지 관심사가 생기면 그에 대한 꾸준히 시간을 투자하고, 체계적으로 접근하기에 가능합니다.

펜을 잡는 사람들은 바른 자세에서 비롯한 바른 사고방식으로 이렇게 한 가지 관심사에도 꾸준한 시간 투자와 체계적 접근으로 수준급 실력을 갖추게 됩니다.

무언가 한 가지라도 잘 하는 학생이 모든 면에서 평범한 학생 보다는 현재에서도 그렇고 미래를 생각해서도 그렇고 더 좋은 평가와 결과가 있습니다.

직장 상사

—

이번에는 제 예전 직장 상사에 대해 얘기해보겠습니다. 직장 상사들 중에도 펜을 바로 잡는 상사가 있고, 그렇지 않은 상사가 있습니다. 차이점은 주변 동료들 평가와 일 결과에서 나옵니다. 펜을 바로 잡는 상사들은 더 높은 위치로 가고, 계속해서 평가와 결과가 좋습니다. 반면에 펜을 바로 잡지 않는 상사들은 더 이상 높은 위치로 가지 못하고 평가와 결과도 나아지지 않습니다. 그런 면에서 제가 소개할 과거 직장 상사는 펜을 바로 잡는 상사였고, 결과와 평가도 계속해서 좋아져서 가장 낮은 위치에서 높은 위치로 올라갔습니다.

영업 총무에서 소장으로

—

제가 소개하는 과거 직장 상사인 A는 한 식품 회사 영업소 총무에서 시작하였습니다. 총무는 식품 재고 입고와 영업사원에게 출고를 담당하고, 그 왜 또 필요한 일들을 하는 직책이었습니다. 그렇게 총무 생활을 하던 A는 꾸준한 직장 생활을 하다가 또 다른 기회를 만났습니다. 영업 사원 자리가 하나 생겼는데 A가 영업 사원으로 제안을 받았습니다. 매일 총무 생활을 하며 영업사원들을 지켜보았는데, 급여나 자신 성장, 그리고 직장에서 위치를 생각했을 때 영업사원으로 보직 이동이 자신에게 더 좋을 미래임을 느꼈습니다. 그래서 영업 사원으로 보직 전환에 성공하였고, 그렇게 영업을 시작했습니다.

영업을 시작하면서 하나씩 선배들을 통해 배워나갔고, 좋은 성과를 나타내기에는 그리 많은 시간이 걸리지 않았습니다. 바른 인성과 가치관으로 점주들을 대하며 금방 영업 결과가 좋아졌고, 영업 사원들 중에서도 두각을 나타내게 되었습니다. 그렇게 꾸준한 성과를 내자 또 다른 기회가 찾아왔습니다. 이번엔 더 큰 매장을 대상으로 하는 영업 사원으로 인사발령이었습니다. 작은 마트들을 대상으로 하던 영업이 이젠 대형 마트를 대상으로 하게 되었습니다. 펜을 바로 잡는 좋은 자세에서 비롯한 올바른 가치관과 사고방식으로 영업에서도 무엇이 필요하고, 올바른지 꾸준하게 연구하고 행동한 결과가 직장에서 성과로 나타나게 되었습니다. 대형마트 영업에서도 계속해서 좋은 성과가 나왔습니다. 어떤 달은 영업소 역대 최대 매출을 만들며, 전설로 불리기도 하였습니다. 그렇게 최고 성과가 나오자 또 다른 기회가 왔습니다. 영업소 소장으로 진급입니다. 이젠 소장 직책으로 많은 영업 사원들을 이끌게 되었습니다. 영업소 총무로 시작하여 영업사원을 거치며 최고 성과로 소장까지 계속해서 진급했습니다.

펜을 바로 잡는 사람에게는 바른 사고방식과 습관, 그리고 기회를 붙잡기 위한 준비로 이러한 좋은 기회와 결과가 따라오게 됩니다. 이 사례를 통해서도 결코 시작은 미비할지라도 계속되는 긍정적인 신호로 결국 좋은 결과를 만들어내는 펜을 바로 잡는 사람들 특징이 보입니다. 펜을 바로 잡는 사람들은 좋은 기회를 만나서 좋은 결과를 만들어 냅니다.

펜 바로 잡는 사례 (심층 분석)

—

펜을 바로 잡는 사람 사례를 또 소개해보겠습니다. 펜을 바로 잡는 사람은 회사에서나 사회생활에서 보편적이고 표준적인 모습을 보여줍니다. 하지만 사생활을 자세히 들여다보면 개성 있고, 삶을 본인 방식으로 즐기는 모습을 분수 있습니다. 또한 아주 생산적인 취미 생활도 갖고 있음을 알 수 있습니다. 물론 개개인 성격과 생활 방식이 가장 큰 영향을 미치겠지만 펜을 바로 잡는 사람에게는 그러한 개개인 성격과 생활 방식을 긍정적인 방향으로 나아갈 수 있도록 생각과 고민을 하게 됩니다. 이 또한 평소 바른 자세와 관련이 있습니다. 사생활도 바른 미래를 생각하며 보다 생산적으로 하루하루를 보내기 위한 습관으로 작용합니다.

회사 동료

—

이번에 펜을 바로 잡는 사람 사례는 갓 입사한 회사 신입 사원입니다. 어린 나이답지 않은 이미지와 일 처리에 대한 관심과 열정, 사람들에 대한 예의, 신입 사원으로서 패기를 갖춘 친구입니다. 입사한지 오래 되지 않아 사람들에게 좋은 평가를 받고 평판이 좋습니다. 가장 많은 평가가 패기가 있고, 예의가 바르다 입니다. 어느 팀장님은 그 친구를 두고, '간만에 괜찮은 신입 사원' 이라고 평가하기도 합니다.

이 신입사원은 펜을 바로 잡습니다. 지나가며 흘깃 보니 펜을 아주 바르게 잡습니다. 역시나 펜을 바로 잡으면 회사 생활이든, 사회생활이든 본인 업무를 비롯하여 주변 평가도 좋습니다.

우연히 이 신입사원이 퇴근 후 집에서 보내는 시간에 대해 듣게 되었습니다. 듣는 순간 역시나 펜을 바로 잡는 사람은 그렇지 않은 사람보다 사생활에서도 더욱 생산적인 시간을 갖는다는 생각을 하게 됩니다. 이 신입사원이 집에서 보내는 시간을 들여다보겠습니다.

TV를 보지 않는다

—

회사 동료가 이 신입 사원에게 물었습니다.

"자취 하는데, 집에 tv라도 있니?"

"아뇨, 없습니다."

"TV라도 갖다 놓아야 하는가 아니야? 심심해서 어떡해?"

"아뇨 TV 필요 없어요. 잘 보지도 않고, tv 없어도 다양하게 할 수 있어요."

펜을 바로 잡는 이 신입사원은 자취하는 집에서 tv도 없고, tv를 보려고도 하지 않는다고 합니다. tv가 꼭 있어야 하고, 퇴근 후 tv를 항상 켜놓는다고 하는 펜을 바로 잡지 않는 사람들에게는 의아하게 보일 수 있습니다.

펜을 바로 잡는 사람들은 보다 생산적으로 살아가려고 합니다. 그렇기에 이 신입사원도 tv를 보지 않고 다른 취미 생활을 한다고 합니다. 무엇을 하는지 살펴보겠습니다.

태블릿 PC로 그림을 그린다

—

펜을 바로 잡는 이 신입사원은 퇴근 후 여가 시간에 tv를 보지 않고, 태블릿 pc로 그림을 그린다고 합니다. 이 얘기를 듣는 펜을 바로 잡지 않는 동료 직장인들은 거부감을 느끼고, 호기심도 잃은 채 그 말을 듣고 그냥 흘려버립니다. 하지만 저에게는 귀가 솔깃하게 하는 이야기입니다. 펜을 바로 잡는 사람은 개인적이고 흥미로운 취미생활이 있기 마련인데, 이 신입사원은 태블릿 PC로 그림을 그리는 일이 여가 생활을 즐기는 본인 방법입니다.

요즘은 태블릿 PC로 그림을 많이 그립니다. 태블릿 pc로 그린 그림으로 온라인에 업로드하고 사람들과 소통도 하고 전시도 합니다. 또한 뛰어난 그림은 돈이 되기도 합니다. 이처럼 펜을 바로 잡는 신입사원이 태블릿 pc로 그림을 그리는 취미는 아주 생산적인 취미 생활입니다. 기쁨과 성취감, 생산성까지 갖춘 취미로 펜을 바로 잡지 않는 사람들이 tv를 보며 시간을 때우기 보다 더욱 알찬 시간을 갖게 해줍니다.

삼겹살에 막걸리를 혼자 즐긴다

—

펜을 바로 잡는 이 신입사원은 집에서 혼자 삼겹살에 막걸리도 즐긴다고 합니다. 이 또한 펜을 바로 잡지 않는 사람들에게는 희한하고 비웃음 대상이 됩니다.

"왜 혼자서 삼겹살에 막걸리를 먹지? 삽겹살에 막걸리는 조합도 조합이지만, 나가서 사람들과 먹어야지"

이렇게 생각할 수 있습니다. 하지만 펜을 바로 잡는 이 신입사원에게는 다른 사람 시선이나 고정관념은 중요하지 않습니다. 자신이 즐길 수 있고, 행복할 수 있다면 삼겹살과 막걸리 조합도 아주 좋고, 집에서 혼자 먹는 삼겹살과 막걸리는 나중에 본인 가족이 생긴다면 추천해줄 수 있는 추천 메뉴가 됩니다.

이처럼 혼자 삼겹살에 막걸리를 즐길 수 있는 사람에게는 함께 즐기고 싶은 사람이 생기지 않을까 생각이 듭니다. 혼자서도 즐거운 시간을 만들 수 있는 사람이라면 이를 보는 누군가도 함께 삼겹살에 막걸리를 즐기고 싶게 됩니다.

회사에서 평가가 좋다

—

펜을 바로 잡는 이 신입사원은 회사에서 평가가 좋습니다. 평소 패기가 넘치고 인사성도 밝고 맡은 일에 최선을 다합니다. 펜을 바로 잡는 기본적인 자세에서 바른 마인드가 형성되어 있기 때문에 직장에서두 크게 문제없이 생활합니다. 펜을 바로 잡지 않는 신입사원과는 태도에서 이미 큰 차이가 있습니다.

펜을 바로 잡는 이 신입사원과 그렇지 않은 신입사원 태도는 크게 다릅니다. 먼저 펜을 바로 잡는 이 신입사원은 인사성이 밝습니다. 한명이라도 더 인사를 하려고 눈을 맞추고 다가갑니다. 다른 신입사원은 한명이라도 덜 인사하려고 피하는 모습처럼 보입니다. 상사 지시에 대한 태도도 차이

166

가 나타납니다. 펜을 바로 잡는 신입사원은 상사 지시에 크게 답하며 맡은 일을 재빨리 처리하려고 합니다. 설사 본인 생각과 다른 지시사항이더라도 물어보고 행동하며 크게 반감을 나타내지는 않습니다. 오히려 상사 지시사항에 대해 더 구체적으로 이해하려는 행동을 보입니다. 반면 다른 신입사원은 그러한 적극적으로 이해하려는 모습 보다는 반감 태도를 보입니다. 이해할 수 없다는 태도를 노골적으로 보이기도 하며 다른 사람들 눈살을 찌푸리게 하기도 합니다.

열심이다

—

펜을 바로 잡는 이 신입사원은 무엇이든 열심히 입니다. 급한 일이 있으면 뛰어다니기도 하고, 퇴근 시간이 지나서도 할 일이 끝나지 않으면 일에 집중하며 다른 사람 눈길을 신경도 쓰지 않습니다. 무엇이든 열심히 하는 이 신입사원은 크게 실수하는 일도 적습니다. 펜을 바로 잡는 자세에서 비롯된 바른 마음가짐으로 일 처리를 하나씩 해나가기 때문입니다. 그렇기 때문에 더 집중하는 모습이 보이고, 더 열심히 하는 모습처럼 보입니다.

반면에 펜을 바로 잡지 않는 또 다른 신입사원은 열심히 하는 모습처럼 보이지가 않습니다. 본인은 열심히 할지 몰라도, 다른 사람이 보기에는 그렇지 않아 보입니다. 펜을 바로 잡지 않기 때문에 일 처리와 바른 결과에 대한 생각이 자리 잡지 못합니다. 그렇기에 일 처리에 대한 확신이 부족하여 일처리가 깔끔하지 못합니다. 그러면서 자신감도 떨어지고 어려운 일에는 회피를 하게 됩니다. 그래서 열심히 하는 모습처럼 보이지가 않습니다.

에너지가 느껴진다

—

펜을 바로 잡는 이 신입사원에게는 에너지가 느껴집니다. 밝고 강한 목소리와 인사로 시작하는 이 신입사원은 업무를 시작할 때에도 에너지 넘치는 모습입니다. 반면 펜을 바로 잡지 않는 신입사원은 아침부터 피곤해보입니다. 인사에서도 힘이 없는 목소리이고, 업무 시작도 멍하니 앉아 잠에서 덜 깬 모습으로 초점 없는 곳으로 바라보며 있습니다.

펜을 바로 잡는 신입사원과 그렇지 않은 신입사원은 에너지 차이가 바른 자세에 있습니다. 무엇이든 바른 자세에서는 피로함이 덜 하고, 능률이 오릅니다. 또한 장기적으로 보았을 때에도 결과가 좋습니다. 펜을 바로 잡는 기본적인 자세에서도 적용됩니다. 기본적인 바른 자세에서 비롯돼 바른 마음이 중요한 목표에 더욱 집중하게 하고, 내일을 바라보며 자기 관리도 할 수 있습니다.

에너지 차이는 이처럼 선택과 집중에서 자기 관리와 초점에 있습니다. 펜을 바로 잡는 신입사원은 출근을 위한 전날 자기관리를 잘했고, 동료들에게 필수적으로 행하는 인사에서도 보다 집중하여 긍정적인 에너지를 느끼게 합니다.

에필로그

펜이 당신의 삶을 바꾼다

펜을 바로 잡는 방법과 그에 따른 성과, 그리고 사례들을 살펴보았습니다. 주변 사람들을 둘러보면 펜을 어떻게 잡느냐에 따라 삶에서 성과, 태도, 마음가짐 등이 다름을 이 책을 읽은 여러분도 이제 아실 수 있습니다. 펜을 바로 잡는 독자 분이라면, 주변 소중한 사람들 펜 잡는 모습을 유심히 보고, 올바르게 잡지 않는다면 고쳐주시면 됩니다. 펜을 바로 잡지 않는 독자 분이라면, 이 책을 계기로 해서 펜을 바로 잡고 더 나은 변화를 느껴보시면 됩니다.

제 글이 단 한 분에게라도 좋은 영향을 주었다면, 저에게는 매우 큰 성과이자 발전이고, 감사할 일입니다. 이 글을 읽고, 펜을 바로 잡는 변화와 함께 변화를 느끼며 다른 누군가에게 좋은 영향을 주고 그 영향이 또 언제가 제게도 와서, 서로에게 긍정적인 발전이 있으리라는 예상도 해봅니다. 이 글을 읽어주신 독자 분들께 진심으로 감사드리고, 앞으로 저와 독자 분들에게 긍정적인 미래를 희망해봅니다. 감사합니다.

책을 집필하며
—

책을 집필하며 많은 공부가 되었습니다. 책이 만들어지기까지 많은 지식과 정보들이 페이지 위에서 돌고 돌며 제자리를 찾아갑니다. 평소 쉽게 읽어왔던 수많은 책들 이면에는 더 많은 지식과 정보들이 뒷받침 되고 있다는 생각입니다.

책이 만들어지기 위해서는 기본적인 분량이 있습니다. 기본적인 분량을 위해 작가는 최대한 많은 지식들을 발산하여 분량을 채웁니다. 또한 분량을 채우기 위해 작가는 더 많은 공부와 독서를 통해 지식을 보충합니다. 이런 선순환이 발생하면서 좋은 도서와 작가가 만들어진다고 생각됩니다.

책을 집필한다는 도전으로 가장 행복한 노력과 창조적인 고뇌를 했습니다. 책을 집필하며 더 발전했고, 더 질 높은 삶에 한걸음 다가갔습니다. 책을 집필하며 경험했던 내용들을 공유하면서 펜을 바로 잡는 자세와 어떠한 연관이 있는지도 확인해보겠습니다.

아이디어

—

펜을 바로 잡는 자세 중요성에 대한 아이디어는 언젠가 책을 집필하게 되면 꼭 사용하려고 생각해두었던 아이디어입니다. 직접 펜을 바로 잡으면서 여러 변화들을 경험하고, 더 나은 삶을 살았던 저에게 이 아이디어는 꼭 책으로 나올만한 소중한 아이템이라는 생각이었습니다. 그 언젠가가 사실 꽤 시간이 많이 흐른 뒤로 꿈만 꾸고 있었습니다. 아마 20년 뒤쯤 생각했습니다. 하지만 우연히 '아웃풋 트레이닝'이라는 도서를 접하고, 평소에도 아웃풋 하는 습관을 들였습니다. 블로그에 일기를 쓰고, 독후감을 썼습니다. 영화나 공연을 본 후에도 감상문을 썼습니다. 그러다 보니 무언가를 쓰는 데 더 도전하고 싶어졌고, 제가 접한 책을 집필하는 노하우도 나와 있어서 곧바로 도전하게 되었습니다. 이미 아이디어는 있기 때문에 글만 작성하면 되었습니다.

이러한 아이디어도 펜을 바로 잡으면서 경험한 제 변화를 바탕으로 만들어졌습니다. 펜을 바로 잡으면서 바른 생각, 가치관, 사고방식이 생기면서 행동도 변합니다. 그리고 성과가 달라지면서 삶도 변합니다. 이러한 변화들이 자신감과 더 나은 미래에 대한 희망을 줍니다. 예전에는 나와는 상관없는 일이라고 여겨졌던 일들도 이렇게 저도 가능한 일이 되었습니다.

펜을 바로 잡으니 아이디어가 샘솟습니다. 새로운 도전도 반갑고, 더 나은 삶을 위한 취미에도 관심이 많습니다. 남들과는 다른 새로운 커리어를 위한 도전이 가깝게 느껴집니다.

간략한 원고

처음이라 원고 분량에 대해 잘 몰라서 쓸 수 있는 만큼 책 원고를 썼습니다. 지금은 책 원고 분량이 어느 정도인지 알기 때문에 그 당시에는 간략한 원고라고 할 수 있습니다. 말하고자 하는 내용과 책으로 집필했으면 하는 이유와 함께 간략한 원고를 완성했습니다.

펜을 바로 잡지 않았다면 이러한 행위도 없었다고 생각합니다. 방법을 몰라 헤맸거나, 알았더라도 무조건 완성된 원고만 만들려고 하지 않았을까 생각됩니다. 책을 출판하기 위한 출판사에 투고를 해야 하기 때문에 간략한 원고로 먼저 도전을 했습니다. 펜을 바로 잡으면 성공하기 위한 방법과 절차도 알기 때문에 이러한 방식으로 접근했습니다.

원고 작성은 쉬운 일이 아닙니다. 처음 시작이 가장 힘들다고 생각합니다. 이러한 원고 작성에 대한 노하우는 많은 도서들에서 얻을 수 있습니다. 저 또한 '아웃풋 트레이닝' 도서를 통해 간단하게 익히고 바로 실행으로 옮겼습니다. 많은 작가 지망생들은 다양한 도서들을 참고하면 되겠습니다. 펜을 바로 잡으면서 도전과 실천이 쉬워졌습니다. 펜을 바로 잡는 자세를 통해 바르고 보편적인 생각과 행동들이 갖춰지니 사회에 적응이 쉬워졌고, 할 수 있다는 자신감도 계속해서 향상됩니다.

내게 맞는 출판사 접촉

—

원고가 작성되면 출판사에 투고를 합니다. 원하는 출판사에 투고를 하면 되는데, 출판사마다 회신 기간이 다를 수 있습니다. 출판사 성향과 내가 쓴 원고 성향이 잘 맞으면 좋은 소식이 옵니다. 그렇게 되면 책 출판 길이 열리게 됩니다. 저는 제가 읽었던 도서들 중 마음에 드는 도서와 출판사에 투고를 했고, 이렇게 출간 길로 접어들게 되었습니다.

펜을 바로 잡는 사람들은 새로운 도전과 무언가에 대한 평가에 두려움이 적습니다. 더 나은 삶과 발전에 대한 방법과 절차에 대해 알기 때문입니다. 운이나 기적을 믿기 보다는 자신 도전과 실력, 그리고 발전에 의지합니다. 그렇기 때문에 도전과 평가에 대해 망설임이 없고, 결과에 따라 더 발전하기도 합니다. 반면에 펜을 바로 잡지 않는 사람들은 발전과 더 나은 삶에 대한 방법과 절차에 대해 모릅니다. 자신이 펜을 바로 잡지 않고, 바른 자세를 익히지 않았기 때문에 삶에 대한 바른 방법과 절차에 대해서도 모릅니다. 그렇기에 도전과 평가에 두려움이 많고, 운과 기적에 의지합니다. 펜을 바로 잡지 않는 사람들은 출판사에 원고를 투고 하는 일도 횟수가 적을뿐더러 좋지 않은 결과에 대한 좌절감도 크게 됩니다.

새로운 삶과 도전을 위해서는 자신이 만든 열정을 새로이 기회가 창조되는 곳에 던져야 합니다. 그렇게 새로운 시작을 하고, 새로운 경험과 발전이 함께 합니다. 펜을 바로 잡는 사람들은 새로운 도전과 자신 열정을 내던질 수 있습니다. 바른 자세에서 비롯한 바른 정신이 있기 때문입니다. 반대로 펜을 바로 잡지 않는 사람들은 새로운 도전과 열정을 내던지는 일이 쉽게 실천되지 않습니다.

출판사 요청사항 적용

—

집필한 원고를 출판사에 보내면 출판사 요청사항대로 수정을 해야 합니다. 더 좋은 책이 되기 위한 과정입니다. 그러면 또 작가는 더 많은 공부와 독서를 해야 하고, 창조적인 고뇌를 합니다. 물론 과거 경험들로 인해 누군가에게는 쉬운 일이 될 수 있습니다. 저 같은 초보에게는 어렵고 새로운 고뇌를 주기는 합니다.

펜을 바로 잡는 사람들은 집필한 원고에 수정 요청이 오면 당연히 수정을 긍정적으로 받아들이고 더 발전된 책을 위해 노력합니다. 이러한 과정들이 옳은 과정이고, 당연히 거쳐야 한다고 생각하기 때문입니다. 펜을 바로 잡는 자세가 이러한 생각들을 당연하게 만듭니다. 반면 펜을 바로 잡지 않는 사람들은 다릅니다. 집필한 원고에 수정을 한다하니 불만을 품고, 좌절을 할 수 있습니다. 창조적인 고뇌보다는 어떻게 해결해야할까라는 막막함을 느낄 수 있습니다. 이 또한 펜을 바로 잡지 않는 자세이다 보니 이러한 바른 과정들이 바르게 와 닿지 않습니다.

펜을 바로 잡는 사람들은 창조한 작품에 수정 요청은 당연한 과정으로 받아들입니다. 이 또한 바른 과정 중 하나로 바른 자세와 생각을 가진 사람들에게는 당연한 과정입니다. 펜을 바로 잡는 사람들은 자신에 대한 개선과 평가에 대해서도 바른 과정으로 여기며, 더 발전하기 위해 받아들입니다. 받아들이고 개선과 발전을 하게 되면 더 나은 사람이 됩니다. 저 또한 펜을 바로 잡으면서 변화한 부분 중 하나입니다.

또 다른 책 집필을 꿈꾸며

—

이번 책을 마무리하며, 또 다른 책 집필을 꿈꿉니다. 언제가 될지는 모릅니다. 또 준비가 되면 도전을 합니다. 제 커리어 시작 단계가 완성되었고, 또 추가적인 커리어를 위해 도전합니다. 두 번째 책은 더 좋은 책으로 기대됩니다. 원고 집필에 대한 경험이 쌓였기 때문입니다. 물론 한번이지만 제게는 너무나도 소중하고 행복한 경험입니다.

펜을 바로 잡는 사람들은 계속해서 도전합니다. 바른 자세에서 비롯한 바른 마음과 행동으로 사회에 잘 적응하고, 좋은 아이디어와 지식들을 잘 습득합니다. 그러면서 좋은 결과가 반복되고, 자신감도 쌓입니다. 무엇이든 할 수 있다는 생각과 올바른 방법들을 찾습니다. 저 또한 첫 번째 책을 완성했으니, 두 번째 책으로 향하는 좋은 결과와 자신감이 쌓입니다. 펜을 바로 잡으면 연속적인 성공이 기다립니다. 물론 바른 마음과 생각도 따라

옵니다.

　또 다른 책도 펜을 바로 잡는 자세와 함께 합니다. 새로운 아이디어와 집 필 과정, 출판 과정도 펜을 바로 잡는 제게는 긍정적이고 발전이 가득합니 다.